EDUARDO GALEANO
(1940-2015)

Eduardo Galeano nasceu em Montevidéu, no Uruguai. Viveu exilado na Argentina e na Catalunha, na Espanha, desde 1973. No início de 1985, com o fim da ditadura, voltou a Montevidéu.

Galeano comete, sem remorsos, a violação de fronteiras que separam os gêneros literários. Ao longo de uma obra na qual confluem narração e ensaio, poesia e crônica, seus livros recolhem as vozes da alma e da rua e oferecem uma síntese da realidade e sua memória.

Recebeu o prêmio José María Arguedas, outorgado pela Casa de las Américas de Cuba, a medalha mexicana do Bicentenário da Independência, o American Book Award da Universidade de Washington, os prêmios italianos Mare Nostrum, Pellegrino Artusi e Grinzane Cavour, o prêmio Dagerman da Suécia, a medalha de ouro do Círculo de Bellas Artes de Madri e o Vázquez Montalbán do Fútbol Club Barcelona. Foi eleito o primeiro Cidadão Ilustre dos países do Mercosul e foi o primeiro escritor agraciado com o prêmio Aloa, criado por editores dinamarqueses, e também o primeiro a receber o Cultural Freedom Prize, outorgado pela Lannan Foundation dos Estados Unidos. Seus livros foram traduzidos para muitas línguas.

Livros do autor publicados pela **L&PM** EDITORES:

Amares
Bocas do tempo
O caçador de histórias
De pernas pro ar: a escola do mundo ao avesso
Dias e noites de amor e de guerra
Espelhos – uma história quase universal
Fechado por motivo de futebol
Os filhos dos dias
Futebol ao sol e à sombra
O livro dos abraços
Mulheres
As palavras andantes
Ser como eles
O teatro do bem e do mal
Trilogia "Memória do fogo" (Série Ouro)
Trilogia "Memória do fogo":
   Os nascimentos (vol. 1)
   As caras e as máscaras (vol. 2)
   O século do vento (vol. 3)
Vagamundo
As veias abertas da América Latina

EDUARDO GALEANO

BOCAS DO TEMPO

Tradução de Eric Nepomuceno

www.lpm.com.br

L&PM POCKET

Coleção **L&PM** POCKET, vol. 841

A L&PM Editores agradece à Siglo Veintiuno Editores pela cessão das capas, que conferiram uma identidade visual comum à obra de Eduardo Galeano, tanto na América como na Europa.

Texto de acordo com a nova ortografia.
Título original: *Bocas del Tiempo*
Este livro foi publicado pela L&PM Editores, em formato 14x21, em 2004.
Primeira edição na Coleção **L&PM** POCKET: fevereiro de 2010
Esta reimpressão: dezembro de 2024

Tradução: Eric Nepomuceno
Capa: Tholön Kunst
Preparação: Jó Saldanha
Revisão: Renato Deitos e Patrícia Yurgel
Ilustrações: extraídas dos volumes I e II da Iconografia de Cajamarca, recompilada por Alfredo Mires Ortiz. A reprodução neste livro foi expressamente autorizada pelo autor e pelo editor (Rede de Bibliotecas Rurais de Cajamarca, Peru).
Projeto Gráfico: Eduardo Galeano

CIP-Brasil. Catalogação na Fonte
Sindicato Nacional dos Editores de Livros, RJ.

G15b

Galeano, Eduardo H., 1940-2015
   Bocas do Tempo / Eduardo Galeano; tradução de Eric Nepomuceno. – Porto Alegre, RS: L&PM, 2024.
   352p. : il. – (Coleção L&PM POCKET; v. 841)

   Tradução de: *Bocas del Tiempo*
   ISBN 978-85-254-1985-9

   1. Crônica uruguaia. I. Nepomuceno, Eric, 1948-. II. Título. III. Série.

09-5592.   CDD: 868.993958
                                      CDU: 821.134.2(899)-8

© Eduardo Galeano, 2004, 2010

Todos os direitos desta edição reservados a L&PM Editores
Rua Comendador Coruja 314, loja 9 – Floresta – 90220-180
Porto Alegre – RS – Brasil / Fone: 51.3225.5777
Pedidos & Depto. Comercial: vendas@lpm.com.br
Fale conosco: info@lpm.com.br
www.lpm.com.br

Impresso no Brasil
Primavera de 2024

Quando eram fios soltos, e ainda não formavam parte de uma trama comum, alguns dos relatos aqui reunidos foram publicados em jornais e revistas. Ao integrar-se a este tecido, aquelas primeiras versões mudaram sua forma e sua cor.

* * *

Este livro conta histórias que vivi ou escutei.
Em alguns casos, as histórias que escutei mencionavam suas fontes. Quero também agradecer aos muitos colaboradores que não estão mencionados.

* * *

Imagens da arte da região peruana de Cajamarca acompanham os textos. Essas obras, pintadas, gravadas ou talhadas por mãos anônimas, foram reunidas por Alfredo Mires Ortiz em um longo trabalho de exploração e resgate. Algumas têm milhares de anos, mas parecem ter sido feitas semana passada.

* * *

Como de costume, inexplicável costume, Helena Villagra acompanhou este livro passo a passo. Ela compartilhou as histórias aqui contadas, leu e releu cada uma das páginas e ajudou a melhorar as palavras que estavam e a expulsar as palavras que sobravam.

Como de costume, explicável costume, este livro é dedicado a ela.

EG
Montevidéu, no final de 2003.

Tempo que diz

De tempo somos.
Somos seus pés e suas bocas.
Os pés do tempo caminham em nossos pés.
Cedo ou tarde, já sabemos, os ventos do tempo apagarão as pegadas.
Travessia do nada, passos de ninguém? As bocas do tempo contam a viagem.

A viagem

Oriol Vall, que cuida dos recém-nascidos em um hospital de Barcelona, diz que o primeiro gesto humano é o abraço. Depois de sair ao mundo, no princípio de seus dias, os bebês agitam os braços, como buscando alguém.

Outros médicos, que se ocupam dos já vividos, dizem que os velhos, no final de seus dias, morrem querendo erguer os braços.

E assim são as coisas, por mais voltas que se queira dar à questão, e por mais palavras que se digam. A isso, simples assim, se reduz tudo: entre o primeiro bater de asas e o derradeiro, sem maiores explicações, transcorre a viagem.

Testemunhas

O professor e o jornalista passeiam pelo jardim.

E então Jean-Marie Pelt, o professor, se detém, aponta com o dedo e diz:

— *Quero apresentar você às nossas avós.*

E o jornalista, Jacques Girardon, se agacha e descobre uma bolinha de espuma que assoma no meio do capim.

É uma população de microscópicas algas azuis. Nos dias de muita umidade, as algas azuis se deixam ver. Assim, todas juntas, parecem uma cusparada. O jornalista franze o nariz: a origem da vida não tem um aspecto dos mais atrativos, mas é dessa baba, dessa porcaria, que viemos todos aqueles que temos pernas, patas, raízes, aletas ou alas.

Antes do antes, nos tempos da infância do mundo, quando não havia cores nem sons, elas, as algas azuis, já existiam. Jorrando oxigênio, deram cor ao mar e ao céu. E um belo dia, um dia que durou milhões de anos, muitas algas azuis decidiram transformar-se em algas verdes. E as algas verdes foram gerando, pouco a pouco, liquens, fungos, musgos, medusas e todas as cores e sons que depois vieram, viemos, a alvoroçar o mar e a terra.

Mas outras algas azuis preferiram continuar do jeito que eram.

E assim continuam a ser.

Desde aquele remoto mundo que foi, elas olham o mundo que é.

Não se sabe o que elas acham.

Verderias

Quando o mar já era mar, a terra não passava de uma rocha nua.

Os liquens, vindos do mar, fizeram as campinas. Eles invadiram, conquistaram e verdejaram o reino da pedra.

Isso ocorreu no ontem dos ontens, e continua ocorrendo. Onde nada vive, os liquens vivem: nas estepes geladas, nos desertos ardentes, no alto mais alto das mais altas montanhas.

Os liquens vivem enquanto dura o matrimônio entre as algas e seus filhos, os fungos. Se o matrimônio se desfaz, se desfazem os liquens.

Às vezes, as algas e os fungos se divorciam, por incompatibilidade de gênios. Elas dizem que eles as mantêm trancadas e não as deixam ver a luz. Eles dizem que elas os deixam entalados e enjoados de tanto açúcar que lhes dão, noite e dia.

Pegadas

Um casal vinha caminhando pelo cerrado, no oriente da África, enquanto nascia a estação das chuvas. Para dizer a verdade, aquela mulher e aquele homem ainda se pareciam bastante aos macacos, embora já andassem erguidos e não tivessem rabo.

Um vulcão vizinho, agora chamado Sadiman, estava jorrando cinzas pela boca. Aquela cinza guardou os passos do casal, desde aqueles tempos, pelos tempos afora. Debaixo do manto acinzentado ficaram, intactas, as pegadas. E aqueles pés nos dizem, agora, que aquela Eva e aquele Adão vinham caminhando juntos, quando a certa altura ela se deteve, se desviou e caminhou alguns passos por conta própria. Depois, voltou ao caminho compartilhado.

As pegadas humanas mais antigas deixaram a marca de uma dúvida.

Alguns anos se passaram. A dúvida permanece.

Os jogos do tempo

Dizem que se diz por aí que havia uma vez dois amigos que estavam contemplando um quadro. A pintura, obra sabe-se lá de quem, vinha da China. Era um campo de flores no tempo da colheita.

Um dos dois amigos, sabe-se lá por que, tinha os olhos cravados em uma mulher, uma das muitas mulheres que no quadro colhiam amapolas em suas cestas. Ela estava com os cabelos soltos, chovidos sobre os ombros.

Ela finalmente devolveu o olhar, deixou cair a cesta, estendeu os braços e, sabe-se lá como, o levou.

Ele se deixou levar sabe-se lá para onde, e com aquela mulher passou as noites e os dias, sabe-se lá quantos, até que um vendaval o arrancou de lá e devolveu-o à sala onde seu amigo continuava plantado na frente do quadro.

Tão brevíssima fora aquela eternidade, que o amigo nem tinha percebido a sua ausência. E também não tinha percebido que aquela mulher, uma das muitas mulheres que no quadro colhiam amapolas em suas cestas, estava, agora, com os cabelos presos na nuca.

Os tempos do tempo

Ele é um dos fantasmas. Assim as pessoas de Sainte Elie chamam os poucos velhos que continuam afundados no barro, moendo pedras, cavando areia, nessa mina abandonada que jamais teve cemitério, porque nem os mortos quiseram ficar.

Há meio século esse mineiro, vindo de muito longe, chegou ao porto de Caiena e foi-se terra adentro à procura da terra prometida. Naqueles tempos, aqui havia florescido o jardim de ouro, e o ouro redimia qualquer forasteiro morto de fome e o devolvia para casa muito gordo de ouro, se assim quisesse a sorte.

A sorte não quis. Mas esse mineiro continua aqui, sem outra roupa que um tapa-rabo, comendo nada, comido pelos mosquitos. E à procura de nada revolve a areia dia após dia, sentado na frente da bateia, debaixo de uma árvore mais magra que ele, e que mal o defende da ferocidade do sol.

Sebastião Salgado chega a essa mina perdida, visitada por ninguém, e senta-se ao seu lado. Ao caçador de ouro só resta um dente, um dente de ouro, que quando ele fala brilha na noite de sua boca.

– *Minha mulher é muito linda* – diz.

E mostra uma foto trincada e borrada.

– *Ela está me esperando* – diz.

Ela tem vinte anos.

Faz meio século que ela tem vinte anos, em algum lugar do mundo.

Palavras perdidas

Pelas noites, Avel de Alencar cumpria sua missão proibida.

Escondido num escritório de Brasília, ele fotocopiava, noite após noite, os papéis secretos dos serviços militares de segurança: relatórios, fichas e expedientes que chamavam de interrogatório as torturas e de choques armados os assassinatos.

Em três anos de trabalho clandestino, Avel fotocopiou um milhão de páginas. Um confessionário bastante completo da ditadura que estava vivendo seus últimos tempos de poder absoluto sobre as vidas e os milagres do Brasil inteiro.

Certa noite, entre as páginas da documentação militar, Avel descobriu uma carta. A carta tinha sido escrita quinze anos antes, mas o beijo que a assinava, com lábios de mulher, estava intacto.

A partir de então, ele encontrou muitas cartas. Cada uma estava acompanhada pelo envelope que não tinha chegado ao destino.

Ele não sabia o que fazer. Havia-se passado um longo tempo. Ninguém mais aguardava aquelas mensagens, palavras enviadas pelos esquecidos e pelos idos a lugares que já não eram e a pessoas que já não estavam. Eram letra morta. E no entanto, quando lia, Avel sentia que estava cometendo uma violação. Ele não podia devolver aquelas palavras ao cárcere dos arquivos, nem podia assassiná-las rasgando-as.

No final de cada noite, Avel metia em seus envelopes as cartas que tinha encontrado, punha novos selos e as colocava no correio.

História clínica

Informou que sofria de taquicardia toda vez que o via, mesmo que fosse de longe.

Declarou que suas glândulas salivares secavam quando ele a olhava, mesmo que fosse por acaso.

Admitiu uma hipersecreção das glândulas sudoríparas toda vez que ele falava com ela, mesmo que fosse apenas por cortesia.

Reconheceu que padecia de graves desequilíbrios de pressão sanguínea quando ele a roçava, mesmo que fosse por engano.

Confessou que por ele padecia de tonturas, que sua visão se enevoava, que seus joelhos afrouxavam. Que nos dias não conseguia parar de dizer bobagens e que nas noites não conseguia dormir.

– *Foi há muito tempo, doutor* – disse. – *Eu nunca mais senti nada disso.*

O médico ergueu as sobrancelhas.

– *Nunca mais sentiu nada disso?*

E diagnosticou:

– *Seu caso é grave.*

A instituição conjugal

O capitão Camilo Techera sempre andava com Deus na boca, bom dia graças a Deus, até amanhã se Deus quiser.

Quando chegou ao quartel de artilharia, descobriu que não havia um único soldado que estivesse casado como Deus manda, e que todos viviam em pecado, revirados na promiscuidade como os animais do campo.

Para acabar de vez com aquele escândalo que tanto ofendia o Senhor, mandou chamar o sacerdote que oficiava missa na cidade de Trinidad. Num só dia, o padre administrou aos soldados da tropa, cada um com a sua uma, o santíssimo sacramento do matrimônio em nome do capitão, do Pai, do Filho e do Espírito Santo.

A partir daquele domingo todos os soldados se tornaram maridos.

Na segunda-feira, um soldado disse:

– *Essa mulher é minha.*

E cravou o facão na barriga de um vizinho que estava olhando para ela.

Na terça-feira, outro soldado disse:

– *Isso é para você aprender.*

E torceu o pescoço da mulher que lhe devia obediência.

Na quarta-feira...

Incompatibilidade de gênios

Numa viela do centro de Santiago do Chile, um velho mais que alquebrado vendia cigarros de contrabando. Sentado no chão, bebia do gargalo de uma garrafa. Aceitei um gole de seu vinho de cirrose instantânea e parei para conversar um pouco.

Quando estava pagando os cigarros, desabou o temporal. De repente as moscas fugiram, o vinho derramou, a mesinha saiu voando e uma mulher demolidora ergueu o ancião na mão.

Comecei a recolher a mercadoria esparramada pelo chão, enquanto a dama sacudia o mirrado e gritava mulherengo, putanheiro, quem você acha que é, descarado, anda por aí com a Eva, e com a Luci, e ele balbuciava mas essa eu nem conheço, e com a Pamela, e ele gemia foi ela quem veio atrás de mim, e o bombardeio continuava, e andou trepando com a Martita, aquela égua, e a puta da Charito, e a Beti e a Pati, diante da indiferença das pessoas que não prestavam a menor atenção naquela passarela de louras platinadas com cílios postiços e botas de réptil.

A indignada estava com o acusado contra a parede, agarrado pelo pescoço, enquanto ele balbuciava juramentos, você é a minha única, você é minha catedral, as outras são só capeliiinhas, até que ela, apertando para estrangular, expulsou-o para sempre: se manda, cai fora, ordenou, some, e que eu nunca mais veja você na minha vida, e se voltar a ver...

E sem palavras anunciou o castigo atroz. Cravando os olhos em seus santos lugares, cortou o ar com os dedos, como lâminas de tesoura.

Valentemente, me afastei.

Os sete pecados capitais

De joelhos no confessionário, um arrependido admitiu que era culpado de avareza, gula, luxúria, preguiça, inveja, soberba e ira:

Jamais me confessei. Eu não queria que vocês, os senhores padres, gozassem mais que eu com meus pecados, e por avareza os guardei para mim.

Gula? Desde a primeira vez que a vi, confesso que o canibalismo não me pareceu tão mau assim.

É luxúria isso de entrar em alguém e perder-se lá dentro e nunca mais sair?

Aquela mulher era a única coisa no mundo que não me dava preguiça.

Eu sentia inveja. Inveja de mim. Confesso.

E confesso que depois cometi a soberba de acreditar que ela era eu.

E quis romper esse espelho, louco de ira, quando não me vi.

Porões da noite

Porque aquela mulher não se calava nunca, porque se queixava sempre, porque para ela não havia uma bobagem que não fosse um problema, porque estava farto de trabalhar feito burro de carga e ainda por cima aguentar aquela chata e toda a sua parentela, porque na cama tinha que rogar como um mendigo, porque ela andou com outro e se fazia de santa, porque ela doía nele como nunca ninguém havia doído e porque sem ela não conseguia viver mas com ela também não, ele se viu obrigado a torcer-lhe o cangote, como se fosse uma galinha.

Porque esse homem não escutava nunca, porque nunca ligava para ela, porque para ele não havia um problema que não fosse uma bobagem, porque estava farta de trabalhar feito mula e ainda por cima aguentar aquele patife e toda a sua parentela, porque na cama tinha que obedecer como uma puta, porque ele andou com outra e contava a todo mundo, porque ele doía nela como jamais ninguém havia doído e porque sem ele não conseguia viver mas com ele também não, ela se viu obrigada a empurrá-lo do décimo andar, como se fosse um pacote.

No final daquela noite, tomaram juntos o café da manhã. Como todos os dias, a rádio transmitia música e notícias. Nenhuma notícia chamou a sua atenção. Os noticiários não cuidam de sonhos.

Moral e bons costumes

Foi trancada num quarto, amarrada na cama.
Cada dia entrava um homem, sempre o mesmo.
Depois de alguns meses, a prisioneira ficou grávida.
Então foi obrigada a se casar com ele.

Os carcereiros não eram policiais, nem soldados. Eram o pai e a mãe dessa moça, quase menina, que tinha sido descoberta quando estava beijando e acariciando uma colega de estudos.

Em Zimbábue, no final de 1994, Bev Clark escutou o seu relato.

Peixes

Senhor ou senhora? Ou as duas coisas ao mesmo tempo? Ou às vezes ele é ela, e às vezes ela é ele? Nas profundezas do mar, nunca se sabe.

Os meros e outros peixes são virtuosos na arte de mudar de sexo sem cirurgia. As fêmeas viram machos e os machos se transformam em fêmeas com uma facilidade espantosa; e ninguém é alvo de deboche nem acusado de traição à natureza ou à lei de Deus.

Pássaros

A casa, construção de palha e ramagem, é muito maior que seu habitante.

Mas erguer a casa, no meio do mato espinhoso, leva apenas um par de semanas. A arte, por sua vez, exige muito tempo de trabalho.

Não existem duas casas iguais. Cada um pinta sua casa como quer, com pintura feita de sementes amassadas, e cada um a decora à sua maneira. Os arredores são cercados com tesouros arrancados da montanha ou do lixo de alguma cidade vizinha: as pedrinhas, as flores, os cascos dos caracóis, as ervas e os musgos se colocam buscando harmonia; e as tampas de garrafa de cerveja e os pedacinhos de vidros coloridos, de preferência azuis, desenham anéis ou leques no chão. As coisas vão mudando mil vezes de lugar, até encontrar o melhor para receber a luz de cada dia.

Não é à toa que esses pássaros são chamados de *caseirinhos*. Eles são os arquitetos mais alegres de todas as ilhas da Oceania.

Quando conclui a criação de sua casa e de seu jardim, cada pássaro espera. Espera, cantando, que passem as pássaras. E que uma delas detenha seu voo e veja sua obra. E o escolha.

Os galos selvagens

O inverno se vai, e nos bosques de faias de Astúrias se desfaz a névoa gelada onde se aninham as bruxas e as corujas.

Então os galos selvagens, os *urogallos*, cantam nos galhos. Eles as chamam, e elas comparecem. Ainda é noite quando se desata o bailongo. Faces vermelhas, bicos brancos, negras barbas: os galos e as galinhas do mato sacodem-se como máscaras de carnaval.

Os caçadores se tocaiam no bosque, dedo no gatilho.

É muito difícil pegar um galo selvagem. Eles vivem enfiados em seus esconderijos, a salvo de qualquer perigo. Mas os caçadores sabem que esta festa, a dança do encontro, os deixa cegos e surdos enquanto durar.

Aranhas

Passinho a passinho, fio a fio, o aranho se aproxima da aranha.

Oferece música, transformando a teia em harpa, e dança para ela, enquanto pouco a pouco vai acariciando, até o desmaio, seu corpo de veludo.

Então, antes de abraçá-la com seus oito braços, o aranho envolve a aranha na teia e a amarra bem amarrada. Se não amarrar, ela o devora depois do amor.

O aranho não gosta nem um pouco desse costume da aranha, e por isso ama e foge antes que a prisioneira acorde e exija o serviço completo de cama e comida.

Quem entende o aranho? Pôde amar sem morrer, teve manha para cumprir a façanha, e agora que está a salvo de sua sanha, sente falta da aranha.

Serpentes

Ardiam as brasas, as linguiças jorravam seus sucos, as carnes douradas soltavam aromas de perdição. Na frente do casarão de pedra, nas serras, monte adentro, seu Venâncio oferecia um churrasco aos seus amigos da cidade.

Já estavam para começar a comer, quando o filho menor, muito pequenino ainda, anunciou:

– *Tem uma cobra lá dentro de casa.*

E erguendo um pedaço de pau, pediu:

– *Posso matar?*

Foi autorizado.

Depois, seu Venâncio entrou e comprovou: um trabalho bem-feito. Na cabeça, esmagada pelos golpes, ainda se via o desenho da cruz amarela. Era uma cobra-cruzeiro, e das maiores. Dois metros, talvez três.

Seu Venâncio cumprimentou o filho, serviu o churrasco e sentou-se. O banquete foi celebrado longamente, com muitas repetições e muito vinho.

No final, seu Venâncio ergueu um brinde ao matador, e anunciou que ia dar de presente o couro da serpente, seu troféu, e convidou todo mundo:

– *Venham ver. Era enorme, a filha da puta.*

Mas quando entraram na casa, a serpente não estava mais.

Seu Venâncio resmungou a raiva, entre dentes, e disse que não adiantava mais:

– *O companheiro dela levou-a para a cova.*

E disse que é sempre assim. Seja serpente ou serpenta, macho ou fêmea, o morto sempre tem alguém que vem buscá-lo.

Então todos voltaram para a mesa, para o vinho e a conversa e as anedotas.

Todos voltaram, menos um. Pinio Ungerfeld ficou naquela casa, grudado na frente daquela mancha negra seca no chão.

Sobrevida

O sol está se escondendo atrás dos ciprestes, quando Aurora Meloni chega ao cemitério de San Antonio de Areco. Foi chamada:

– *Precisamos do lugar. Muita gente morre, a senhora precisa entender.*

Um funcionário diz a ela:

– *Muito prazer. São trezentos pesos. Aqui está.*

E entrega a ela um desses sacos que se usa para o lixo.

Um automóvel enorme espera por ela.

O chofer, vestido de negro do boné aos sapatos, dirige em silêncio.

Ela agradece esse silêncio.

Do outro lado da janela, o mundo corre. Num descampado, uns garotos jogam futebol. Aurora não suporta essa felicidade insuportável, e vira o rosto. Olha a nuca do chofer. Não olha para o saco de lixo, que viaja no chão.

Dentro desse saco de plástico, quem está? Daniel está? Aquele garoto que vendia com ela queijo caseiro e doce de leite nas feiras de Montevidéu? Aquele que ameaçava mudar o mundo e terminou na vala de uma estrada como esta, com trinta e seis balas no corpo? Por que ninguém os avisou que tudo ia durar tão pouco? Onde estão as palavras que não foram ditas? As coisas que eles não fizeram, onde estão?

Os que dispararam, os assassinos fardados, continuam estando onde estavam. Mas ela, onde está? Neste automóvel que não acaba nunca, nesta fúnebre extravagância de aluguel, está ela? É ela esta mulher que morde os lábios e sente agulhinhas nos olhos? Será isto um automóvel? Ou será aquele trem fantasma que algum dia escapou dos trilhos, com ela dentro, e levou-a para lugar nenhum?

As armadilhas do tempo

Sentada de cócoras na cama, ela olhou-o longamente, percorreu seu corpo nu da cabeça aos pés, como se estudasse as sardas e os poros, e disse:

– *A única coisa que eu mudaria em você é o endereço.*

E a partir de então viveram juntos, foram juntos, se divertiam brigando pelo jornal no café da manhã e cozinhavam inventando e dormiam feito um nó.

Agora esse homem, mutilado dela, quer recordá-la como era. Como era qualquer uma das que ela era, cada uma com sua própria graça e seu próprio poderio, porque aquela mulher tinha o espantoso costume de nascer com frequência.

Mas não. A memória se nega. A memória não quer devolver a ele nada além desse corpo gelado onde ela não estava, esse corpo vazio das muitas mulheres que ela foi.

Unicorpo

Com a ajuda de suas bengalas brancas e de alguns tragos, eles se abriam caminho, do jeito que dava, pelas ruelas de Tlaquepaque.

Parecia que estavam a ponto de cair, mas não: quando ela tropeçava, ele a segurava; quando ele bamboleava, ela o endireitava. Andavam em dueto, e em dueto cantavam. Detinham-se no mesmo lugar sempre, à sombra dos portais, e cantavam, com voz castigada, velhas canções mexicanas de amor e de guerra. Usavam algum instrumento, talvez um violão, eu não me lembro, ajudando a desafinação; e entre canção e canção, faziam soar a lata velha onde recolhiam moedas do respeitável público.

Depois, iam embora. Precedidos pelas suas bengalas, atravessavam a plateia debaixo do sol e se perdiam lá longe, escangalhados, esfarrapados, bem agarradinhos um no outro, grudados um no outro pelos vai e vens do mundo.

O beijo

Antonio Pujía escolheu, ao acaso, um dos blocos de mármore de Carrara que vinha comprando ao longo dos anos.

Era uma lápide. Viera de alguma tumba, sabe-se lá de onde; ele não tinha a menor ideia de como tinha ido parar em seu ateliê.

Antonio deitou a lápide sobre uma base de apoio e começou a trabalhar. Tinha alguma ideia do que queria esculpir, ou talvez nenhuma. Começou por apagar a inscrição: o nome de um homem, o ano do nascimento, o ano do fim.

Depois, o cinzel penetrou no mármore. E Antonio encontrou uma surpresa, que estava esperando por ele pedra adentro: o veio tinha a forma de duas caras que se juntavam, algo assim como dois perfis unidos frente a frente, o nariz grudado no nariz, a boca grudada na boca.

O escultor obedeceu à pedra. E foi escavando, suavemente, até que cobrou relevo aquele encontro que a pedra continha.

No dia seguinte, deu o trabalho por concluído. E então, quando levantou a escultura, viu o que não havia visto antes. No dorso, havia outra inscrição: o nome de uma mulher, o ano do nascimento, o ano do fim.

O homem mais velho do mundo

Era verão, era o tempo da subida dos peixes, e fazia uma incontável quantidade de verões que dom Francisco Barriosnuevo estava lá.

– *É um comedor de anos* – disse a vizinha. – *Mais velho que as tartarugas.*

A vizinha raspava com uma faca as escamas de um peixe, as moscas esfregavam as patas diante do banquete e dom Francisco bebia um suco de goiaba. Gustavo Tatis, que tinha vindo de longe, fazia perguntas junto ao ouvido dele.

Mundo quieto, ar quieto. No povoado de Majagual, um casario perdido nos pântanos, todos os outros estavam dormindo a sesta.

Gustavo perguntou pelo seu primeiro amor. Teve de repetir a pergunta várias vezes, primeiro amor, *primeiro amor*, PRIMEIRO AMOR. O matusalém empurrava a orelha com a mão:

– *Como? Como é?*

E finalmente:

– *Ah, sim!*

Balançando-se na cadeira de balanço, franziu as sobrancelhas, entrecerrou os olhos:

– *Meu primeiro amor...*

Gustavo esperou. Esperou enquanto a memória viajava, barquinho velho, e a memória tropeçava, afundava, se perdia. Era uma navegação de muito mais de um século, e nas águas da memória havia muito nevoeiro. Dom Francisco ia à procura de sua primeira vez, a cara contraída, enrugada por mil sulcos; e Gustavo olhou para outro lado, e esperou.

E enfim dom Francisco murmurou, quase em segredo: *Isabel*.

E cravou na terra sua bengala de taquara, e apoiado na bengala ergueu-se de seu assento, ergueu-se como um galo e uivou:

– *Isabeeeeeeel!*

As páginas do tempo

Para quando é?, perguntava ela, *é para quando?*
Uma vez por semana, Miguel Migliónico passava por ali. E a encontrava sempre no saguão, pregada em sua poltrona de palha, virada para a rua, e dona Elvirita o acossava com perguntas sobre a gravidez de sua mulher.
– *É para quando?*
E Miguel repetia: *para junho.*
Roupa branca, cabelos brancos, sempre muito ajeitada e penteada, dona Elvirita irradiava paz, senhorio do tempo, e dava conselhos:
– *Toque a barriga, que dá sorte.*
– *É para tomar cerveja preta, ou escura, para dar muito leite.*
– *Faça todos os seus gostos, todos os caprichos, porque se a mulher ficar com vontade, a criatura sai manchada.*
Toda sexta-feira dona Elvirita esperava a chegada de Miguel. A pele, que envolvia seu corpo como uma fumaça rosada, transluzia a ramagem das veiazinhas alvoroçadas de curiosidade.
– *E a barriga, é pontuda? Então, não tem erro: vai ser menino.*
Sopravam os ventos frios do sul, o outono estava indo das ruas de Montevidéu.
– *Agora falta pouco, não é?*
Uma tarde, Miguel passou muito apressado:
– *O médico diz que é questão de horas. Hoje ou amanhã.*
Dona Elvirita abriu grandes olhos:
– *Já?*
Na sexta-feira seguinte, a poltrona de palha estava deserta. Dona Elvirita havia morrido no dia 17 de junho de 1980, enquanto na casa dos Migliónico nascia um menino que se chamou Martín.

A mãe

Um tênis Adidas,
uma carta de amor com assinatura ilegível,
dez vasinhos com flores de plástico,
sete bolas coloridas,
um delineador de cílios,
um batom,
uma luva,
um gorro,
uma velha fotografia de Alan Ladd,
três tartarugas ninja,
um livro de contos,
uma maraca,
catorze prendedores de cabelo,
e alguns carrinhos de brinquedo formam parte do butim de uma gata que vive no bairro de Avellaneda e rouba nas vizinhanças.

Deslizando-se por sótãos e telhados e calhas, ela rouba para o filho, que é paralítico e vive rodeado por essas oferendas de origem espúria.

O pai

Vera faltou na escola. Ficou o dia inteiro trancada em casa. Ao anoitecer, escreveu uma carta ao pai. O pai de Vera estava muito doente, no hospital. Ela escreveu:

– *Peço que você goste de você, que se cuide e se proteja, que se mime, que se sinta, que se ame, que se desfrute. Digo que gosto de você, cuido de você, protejo você, mimo você, sinto você, amo você, desfruto você.*

Héctor Carnevale durou mais alguns dias. Depois, com a carta de sua filha debaixo do travesseiro, foi-se embora no sonho.

A avó

Quando olha para uma montanha, Miriam Míguez gostaria de atravessá-la com o olhar, para entrar no lado de lá do mundo. Quando olha para a sua infância, ela também gostaria de atravessar com o olhar esses anos idos, para entrar no lado de lá do tempo.

Do lado de lá do tempo, está a avó.

Na sua casa de Córdoba, a avó escondia algumas caixas secretas. Às vezes, quando Miriam e ela estavam sozinhas, e não havia perigo de algum intruso aparecer, a avó entreabria seus tesouros e deixava a neta ver.

Aquelas lantejoulas, medalhinhas, plumas de pássaros, chaves velhas, palitos de roupa, cintas coloridas, folhas secas e recortes de revistas pareciam coisas; mas as duas sabiam que eram muito mais do que coisas.

Quando a avó morreu, tudo isso desapareceu, talvez queimado ou jogado no lixo.

Miriam tem, agora, suas próprias caixas secretas. Às vezes, ela as abre.

O avô

Os geólogos andavam perseguindo os restos de uma pequena mina de cobre que tinha se chamado Cortadera, que havia sido e já não era, e que não aparecia em nenhum mapa.

No povoado de Cerrillos, alguém disse:

– *Isso ninguém sabe. Quem sabe o velho Honorio sabe?*

Dom Honorio, vencido pelo vinho e pelos achaques, recebeu os geólogos estirado em seu catre. Custou muito convencê-lo. Após algumas garrafas e muitos cigarros, e que sim, que não, que vamos ver, o velho aceitou acompanhá-los no dia seguinte.

Acabrunhado, aos tropeços, começou a caminhar.

No princípio, andava na rabeira de todos. Não aceitava ajuda, e tinham que esperar por ele. A duras penas conseguiu chegar ao leito seco do rio.

Depois, pouco a pouco, conseguiu firmar o passo. Ao longo da quebrada e através dos pedregais, o corpo dobrado foi-se endireitando.

– *Por ali! Por ali!* – apontava o rumo, e sua voz se alvoroçava quando reconhecia seus lugares perdidos.

Após um dia inteiro de caminhada, dom Honorio, que tinha começado mudo, era o mais conversador. Ia subindo morros e remontando anos: quando baixaram ao vale, ele marchava na frente dos jovens exaustos.

Dormiu de cara para as estrelas. Foi o primeiro a despertar. Estava apressado para chegar à mina, e não se desviou nem se distraiu.

— *Este é o trilho da escavadora* — mostrou. E sem a menor vacilação, localizou as bocas dos túneis e os lugares onde antes haviam estado os melhores veios, os ferros mortos que tinham sido máquinas, as ruínas que tinham sido casas, as securas que tinham sido minas d'água. Diante de cada lugar, cada coisa, dom Honorio contava uma história, e cada história estava cheia de gente e de riso.

Quando chegaram de regresso ao povoado, ele já era bastante mais moço que seus netos.

O parto

Ao amanhecer, dona Tota chegou a um hospital no bairro de Lanús. Ela trazia um menino na barriga. No umbral, encontrou uma estrela, na forma de prendedor de cabelos, jogada no chão.

A estrela brilhava em um lado, e no outro não. Isso acontece com as estrelas, toda vez que caem na terra, e na terra se reviram: em um lado são de prata, e fulguram esconjurando as noites do mundo; e no outro são só de lata.

Essa estrela de prata e de lata, apertada na mão, acompanhou dona Tota no parto.

O recém-nascido foi chamado de Diego Armando Maradona.

O nascimento

O hospital público, localizado no bairro mais metido do Rio de Janeiro, atendia a mil pacientes por dia. Eram, quase todos, pobres ou paupérrimos.

Um médico de plantão contou a Juan Bedoian:

– Semana passada, tive de escolher entre duas meninas recém-nascidas. Aqui só tem um respirador artificial. Elas chegaram ao mesmo tempo, já moribundas, e eu tive de decidir qual iria viver.

Eu não sou ninguém para decidir isso, pensou o médico: que Deus decida.

Mas Deus não disse nada.

Escolhesse quem escolhesse, o médico ia cometer um crime. Se não fizesse nada, cometeria dois.

Não havia tempo para nada. As meninas estavam nas últimas, já indo embora deste mundo.

O médico fechou os olhos. Uma foi condenada a morrer, a outra foi condenada a viver.

O batismo

Uma tormenta feroz estava bombardeando a cidade de Buenos Aires.

O pai arrancou o bebê dos braços da mãe, levou-o até o terraço da casa e ergueu-o, peladinho, na chuva gelada. E à luz dos relâmpagos, ofereceu-o:

– *Filho meu, que as águas do céu te abençoem!*

O recém-nascido escapou, ninguém sabe como, de morrer de pneumonia.

Também escapou de se chamar Descanso Dominical. O pai, anarquista pobre e poeta, sempre perseguido pela polícia e pelos credores, quis chamá-lo assim em homenagem à recente conquista operária, mas o Registro Civil não aceitou o nome. Então se reuniram os amigos, anarquistas pobres e poetas, sempre perseguidos pela polícia e pelos credores, e discutiram o assunto. E foram eles que decidiram que o menino ia ter destino literário e merecia chamar-se Catulo, como o poeta latino.

No Registro Civil acrescentaram o acento a Cátulo Castillo, o criador de *La última curda* e de outros desses tangos que devem ser escutados de pé, chapéu na mão.

O nome

O povoado de Morro Chato nunca teve nenhum morro, nem chato nem pontiagudo. Mas Javier Zeballos recorda que Morro Chato tinha, nos tempos de sua infância, três delegados, três juízes e três doutores.

Um dos doutores, que morava no centro, era a bússola dos mandados. A mãe de Javier orientava-o assim:

– *Da casa do Doutor Galarza, são duas quadras para baixo.*

– *Isso fica na esquina do Doutor Galarza.*

– *Dê um pulo até a farmácia que está na virada da casa do Doutor Galarza.*

E lá se ia Javier. A qualquer hora que passasse por ali, com sol ou com lua, o Doutor Galarza estava sempre sentado no alpendre da casa, chimarrão na mão, dando cordial resposta aos cumprimentos dos vizinhos, *bom-dia, Doutor; boa-tarde, Doutor; boa-noite, Doutor.*

Javier já era homem feito quando teve a ideia de perguntar por que o Doutor Galarza não tinha consultório médico nem escritório de advogado. E então ficou sabendo. Doutor, não era: se chamava. Assim tinha sido anotado no Registro Civil. Doutor de nome, Galarza de sobrenome.

O pai queria um filho com diploma, e aquele bebê não parecia ser digno de nenhuma confiança.

O aniversário

Cara de formiga sorridente, ancas de rã, pés de frango: Sally cumpria seu primeiro ano de vida neste mundo.

O acontecimento foi celebrado em grande estilo. A mãe, Beatriz Monegal, estendeu no chão uma enorme toalha de flores bordadas, de origem inconfessável, e acendeu a velinha no mastro do bolo que tinha comprado, para pagar a perder de vista ou nunca, no Empório dos Sanduíches.

Num instante o bolo desapareceu e se desatou a festa, enquanto a homenageada dormia profundamente, envolta em roupa limpa e engomada, dentro de uma canastra de verdureiro.

Quando faltavam quinze para as três da madrugada, quando já não restava nenhuma gota de vinho nos garrafões, Beatriz tirou suas últimas fotografias, apagou o rádio, botou todo mundo para fora e recolheu às pressas todos os seus pertences.

Às três em ponto, soou a sirene da polícia. Beatriz tinha invadido aquele casarão fazia um par de meses, junto com seus muitos filhos e seu mais recente amor, que era fornido e bom para abrir casas aos pontapés. Quando os policiais entraram, com ordem de despejo, Beatriz já tinha começado sua nova peregrinação.

Ela ia pelo meio da rua, puxando um carro cheio de crianças e de trapos, seguida pelo seu homem e pelos seus filhos maiores. Ia à procura de outra casa para invadir, e sua risada rompia o silêncio da noite de Montevidéu.

A revelação

Um cidadão recém-chegado ao mundo estava dormindo, nu, em seu berço.

A irmã, Ivonne Galeano, olhou para ele e saiu correndo. Bateu nas portas de suas vizinhas, e com um dedo nos lábios convidou-as para o espetáculo. Elas abandonaram suas bonecas, a meio vestir, a meio pentear, e nas pontas dos pés, de mãos dadas, se assomaram ao berço do bebê. Não ficaram rubras de inveja, nem empalideceram por causa do complexo de castração. Segurando o riso, comentaram:

– *Olha só o que esse maluco trouxe para fazer pipi!*

O vento

Diego López fazia quatro anos e naquela manhã a alegria saltava em seu peito, a alegria era uma pulga saltando sobre uma rã saltando sobre um canguru saltando sobre uma mola, enquanto as ruas voavam ao vento e o vento batia as janelas. E Diego abraçou sua avó Gloria e em segredo, junto ao ouvido, ordenou:
– *Vamos entrar no vento.*
E a arrancou da casa.

O sol

Em algum lugar da Pensilvânia, Anne Merak trabalha como ajudante do sol.

Ela está nesse ofício desde que tem memória. Ao final de cada noite, Anne ergue seus braços e empurra o sol, para que invada o céu; e no final de cada dia, baixando os braços, deita o sol no horizonte.

Era muito pequena quando começou nessa tarefa, e jamais faltou ao seu trabalho.

Faz meio século, foi declarada louca. Desde então, Anne passou por vários manicômios, foi tratada por numerosos psiquiatras e engoliu muitíssimas pílulas.

Jamais conseguiram curá-la.

Ainda bem.

O eclipse

Quando a lua apaga o sol, os índios caiapós disparam flechas de fogo para o céu, para devolver ao sol a luz perdida. Os baris soam tambores, para que o sol regresse. Os aimarás choram, e aos gritos suplicam ao sol que não os abandone.

No final de 1994, houve pânico em Potosí. Caiu a noite em plena manhã e o céu ficou subitamente negro e com estrelas. Naquele mundo gelado de morte, mundo de fim dos tempos, choraram os índios, uivaram os cães, esconderam-se os pássaros e num instante murcharam as flores.

Helena Villagra estava lá. Quando o eclipse acabou, ela sentiu que lhe faltava algo em uma orelha. Um brinco, um solzinho de prata, tinha caído. Ela buscou o pequeno sol pelo chão, durante um bom tempo, mas sabia que não iria encontrá-lo jamais.

A noite

Lá na infância, Helena se fez de adormecida e escapou da cama.

Vestiu-se com esmero, como se fosse domingo, e com todo sigilo deslizou até o quintal e sentou-se para descobrir os mistérios da noite de Tucumán.

Seus pais dormiam, suas irmãs também.

Ela queria ver como a noite crescia, e como viajavam a lua e as estrelas. Alguém tinha dito a ela que os astros se movem, e que às vezes caem, e que o céu vai mudando de cor enquanto a noite caminha.

Naquela noite, noite da revelação da noite, Helena olhava sem piscar. Seu pescoço doía, doíam os olhos, e ela esfregava as pálpebras e tornava a olhar. E olhou e olhou e continuou olhando, e o céu não mudava, e a lua e as estrelas continuavam quietas em seu lugar.

Foi acordada pelas luzes do amanhecer. Helena lacrimejou.

Depois, se consolou pensando que a noite não gosta que espiem seus segredos.

A lua

A lua madura engravida a terra, e faz com que a árvore cortada continue viva em sua madeira.

A lua cheia alvoroça os lunáticos, os aluados, as mulheres e o mar.

A lua verde mata os plantios.

A lua amarela vem com tormenta.

A lua vermelha traz guerra e peste.

A lua negra, lua nenhuma, deixa o mundo triste e o céu mudo.

Quando Catalina Álvarez Insúa estava dando seus primeiros passos, erguia os braços para o céu sem lua e chamava:

– *Vem, lua, vem!*

População da luz

Catalina tinha muitos amigos visíveis, mas não eram portáteis.

Em compensação, os invisíveis a acompanhavam a todos os lados. Ela dizia que eram vinte. Não sabia contar mais do que isso.

Fosse aonde fosse, ia com eles. Tirava-os do bolso, os colocava na palma da mão, e brincava com eles.

Depois dizia tchau, até amanhã, e os soprava para o sol.

Os invisíveis dormiam na luz.

Morgan

O sol o agarra, Morgan foge. Voa sobre a areia, ondula nas ondas, e dá vontade de aplaudir essa rajada vermelha.

Mas Morgan tem esse nome por causa de seus costumes de pirata, e as vítimas não o consideram tão admirável assim. Brincalhão e ladrão, Morgan é perseguido pelo sol e também o persegue o proprietário de uma bola de tênis ou sanduíche ou chinelo ou peça íntima que ele usurpou para mergulhar na água com o butim entre os dentes.

Nunca soube ser ajuizado. Até agora, pelo que se sabe, ninguém nunca o viu quieto, nem mostrou jamais o menor indício de cansaço ou arrependimento.

Morgan já levava quatro anos fazendo cachorrices pelo mundo, quando Manuel Monteverde, que tinha a mesma idade, sentou-se numa pedra e refletiu sobre o assunto.

– *Sim* – disse ele. – *Morgan se comporta mal. Mas faz a gente rir.*

Leo

Ricardo Marchini sentiu que a hora da verdade tinha chegado.

– *Vamos, Leo* – disse ele. – *Precisamos conversar.*

E foram-se embora, rua acima, os dois. Andaram um bom tempo pelo bairro de Saavedra, dando voltas, em silêncio. Leonardo se atrasava muito, como de costume, e depois apurava o passo para alcançar Ricardo, que caminhava com as mãos nos bolsos e o cenho franzido.

Ao chegar à praça, Ricardo sentou-se. Engoliu saliva. Apertou a cara de Leonardo entre as mãos, e olhando em seus olhos, largou o jorro:

– *Olha aqui Leo perdoe o que vou dizer mas você não é filho de papai e de mamãe e é melhor ir logo sabendo Leo que pegaram você na rua.*

Suspirou fundo.

– *Eu tinha de dizer, Leo.*

Leonardo tinha sido encontrado no lixo, recém-nascido, mas Ricardo preferiu poupá-lo desse detalhe.

Então, voltaram para casa.

Ricardo ia assoviando.

Leonardo se detinha aos pés de suas árvores preferidas, saudava os vizinhos sacudindo o rabo e ladrava para a sombra furtiva de algum gato.

Os vizinhos gostavam dele porque era marrom e branco, feito o Platense, o clube de futebol do bairro, que não ganhava quase nunca.

Lord Chichester

Num estacionamento dos muitos que existem em Buenos Aires, Raquel escutou-o chorar. Alguém o havia atirado no meio dos automóveis.

Incorporou-se à casa, e foi chamado de Lord Chichester. Tinha pouco tempo de nascido, e era desbotado e cabeçudo. Depois ficou zarolho, quando cresceu e se bateu num duelo de amor pela gata Milonga.

Certa noite, quando Raquel e Juan Amaral estavam mergulhados na mais profunda das dormições, uns guinchos ferozes os fizeram saltar da cama. Guinchava Lord Chichester, como se estivesse sendo esfolado. Coisa rara, porque ele era feio mas calado.

– *Alguma coisa deve estar doendo muito* – disse Juan.

Seguindo os gemidos, chegaram ao fundo do corredor. Raquel aguçou o ouvido, e opinou:

– *Acho que ele está nos avisando que tem uma goteira.*

Perambularam pelo casarão antigo, até localizarem o clip-clop da goteira no banheiro.

– *Esse cano sempre vazou* – disse Juan.

– *Vai inundar tudo.*

E discutiram, que sim, que não, até que Juan olhou o relógio, quase cinco da manhã, e bocejando suplicou:

– *Vamos dormir.*

E sentenciou:

– *Lord Chichester está louco de pedra.*

Estavam quase entrando no dormitório, perseguidos pelos guinchos do gato, quando o teto, velho e trincado, desmoronou sobre a cama.

Pepa

Pepa Lumpen estava muito avariada pelos anos. Já não latia, e caía ao caminhar. O gato Martinho aproximou-se e lambeu sua cara. Pepa sempre o punha em seu devido lugar, grunhindo e mostrando os dentes; mas naquele último dia deixou-se beijar.

Calada ficou a casa, vazia dela.

Nas noites seguintes, Helena sonhou que cozinhava uma panela que tinha o fundo furado, e também sonhou que Pepa telefonava furiosa porque estava presa debaixo da terra.

Pérez

Quando Mariana Mactas fez seis anos, algum vizinho de Calella de la Costa deu de presente para ela um pintinho azul.

O pintinho não apenas tinha plumas azuis, que lançavam lampejos violáceos ao sol, como também fazia pipi azul e piava azul. Era um milagre da natureza, talvez ajudada por alguma injeção de anilina no ovo.

Mariana batizou-o com o nome de Pérez. Foram amigos. Passavam horas conversando no terraço, enquanto Pérez caminhava bicando farelo de pão.

Durou pouco, o pintinho. E quando chegou ao seu fim aquela breve vida azul, Mariana sentou-se no chão, como para não levantar nunca mais. Com os olhos presos em uma pedra do soalho, comprovou:

– *Dá pena o mundo sem Pérez.*

Gente curiosa

Soledad, de cinco anos, filha de Juanita Fernández:
– *Por que os cachorros não comem sobremesa?*
Vera, de seis anos, filha de Elsa Villagra:
– *Onde a noite dorme? Dorme aqui, debaixo da cama?*
Luis, de sete anos, filho de Francisca Bermúdez:
– *Deus vai ficar irritado se eu não acreditar nele? Nem sei como contar isso para ele.*
Marcos, de nove anos, filho de Silvia Awad:
– *Se Deus se fez sozinho, como é que conseguiu fazer as costas?*
Carlitos, de quarenta anos, filho de Maria Scaglione:
– *Mamãe, com quantos anos você me desmamou? Minha psicóloga quer saber.*

Índice de imortalidade infantil

Quando Manuel tinha um ano e meio, quis saber por que não conseguia agarrar a água com a mão. E aos cinco anos, quis saber por que as pessoas morrem:
– *E morrer é o quê?*
– *Minha avó morreu porque estava velhinha? E por que morreu um bebê menor que eu, que eu vi ontem na televisão?*
– *Os doentes morrem? E por que morrem os que não estão doentes?*
– *Os mortos morrem um pouquinho ou morrem de vez?*
Pelo menos, Manuel tinha resposta para a pergunta que mais o atormentava:
– *Meu irmão Felipe não vai morrer nunca, porque ele sempre quer brincar.*

Sussurros

Luiza Jaguaribe estava brincando no jardim da sua casa, nas vizinhanças de Passo Fundo. Saltando num pé só, ia contando os botões do vestido.

– *Um, dois, feijão com arroz.*

Contando os botões, adivinhava o marido que o destino daria a ela. Iria se casar com rei ou capitão, com soldado ou rufião?

– *Três, quatro, feijão no prato.*

Deu uma volta no ar, abriu os braços, cantou:

– *Cinco, seis, vou casar com o rei!*

E ao dar a meia-volta, chocou-se com as pernas do pai e caiu no chão. O pai, imenso, erguido contra o sol, disse:

– Basta, Luizinha. Acabou.

E assim ela ficou sabendo que seu tio Moro não viria mais.

Foi para o céu, disseram. E disseram que ela devia ficar quieta e calada.

Passaram-se alguns dias, chegaram as festas.

Aquela Noite Boa juntou uma familiona. Luiza descobriu uma parentada que jamais havia visto, uma multidão de roupas de luto.

A tia Gisela sentou-se à cabeceira de uma mesa interminável. Vestido negro, gola alta abotoada, ela estava lindíssima, parecia uma rainha; mas Luiza não disse nada.

Erguida a cabeça, o olhar perdido no ar, tia Gisela não provou nada nem nada disse. Até que à meia-noite, no meio do alvoroço, falou:

– *Dizem que devemos amar a Deus. Eu o odeio.*

Disse suave, quase calada. Só Luiza escutou.

Palavras feias

Ximena Dahm andava muito nervosa, porque naquela manhã ia iniciar sua vida na escola. Corria de um espelho a outro, pela casa inteira, e numa dessas idas e vindas tropeçou numa bolsa e despencou esparramada pelo chão. Não chorou. Perguntou:

– O que é que esta merda está fazendo aqui?

A mãe ensinou:

– Filhota, isso não se diz.

E Ximena, do chão, quis saber:

– Então para que existem, mamãe, as palavras que a gente não pode dizer?

Cursos práticos

Joaquim de Souza está aprendendo a ler, e pratica com os cartazes e as placas que vê. E acha que a letra P é a mais importante do alfabeto, porque tudo começa com ela:
Proibido passar
Proibido entrar com cães
Proibido jogar lixo
Proibido fumar
Proibido cuspir
Proibido estacionar
Proibido fixar cartazes
Proibido acender fogo
Proibido fazer ruído
Proibido...

Regras

Chema brincava com a bola, a bola brincava com Chema, a bola era um mundo de cores e o mundo voava, livre e louco, flutuava no ar, rebotava onde queria, quicava para cá, para lá, de pulo em pulo; mas a mãe chegou e mandou parar.

Maya López pegou a bola e guardou-a debaixo de sete chaves. Disse que Chema era um perigo para os móveis, para a casa, para o bairro e para a Cidade do México, e obrigou-o a calçar sapatos, sentar-se como se deve e a fazer o dever de casa.

– *Regras são regras* – disse ela.

Chema ergueu a cabeça:

– *Eu também tenho as minhas regras* – disse. E disse que, na sua opinião, uma boa mãe deveria obedecer às regras do filho:

– *Me deixar brincar enquanto eu quiser, e andar descalço, e não ir na escola nem nada parecido. E mudar de casa todo dia. E não me obrigar a dormir cedo.*

E olhando para o teto, como quem não quer nada, acrescentou:

– *E você tem de ser minha noiva.*

A boa saúde

Em uma parada qualquer, um enxame de garotos invadiu o ônibus.

Vinham carregados de livros e cadernos e bugigangas diversas; e não paravam de falar nem de rir. Falavam todos ao mesmo tempo, aos gritos, empurrando-se, sacudindo-se, e riam de tudo e de nada.

Um senhor encrencou com Andrés Bralich, que era um dos mais ruidosos:

– *O que há com você, garoto? Está com a doença do riso?*

Uma simples olhada bastava para comprovar que todos os passageiros daquele ônibus já tinham sido submetidos a tratamento e estavam completamente curados.

O professor

Os alunos do sexto grau, numa escola de Montevidéu, tinham organizado um concurso de romances.

Todos participaram.

Éramos três no júri. O professor Oscar, punhos puídos, salário de faquir, uma aluna, representante dos autores, e eu.

Na cerimônia de premiação, foi proibida a entrada dos pais e de qualquer adulto. O júri fez a leitura da ata final, que destacava os méritos de cada trabalho. O concurso foi vencido por todos, e para cada premiado houve uma ovação, uma chuva de serpentina e uma medalhinha doada pelo joalheiro do bairro.

Depois, o professor Oscar me disse:

– *Nós nos sentimos tão unidos que me dá vontade de fazer todos eles repetirem de ano.*

E uma de suas alunas, que tinha vindo para a capital de um povoado perdido no campo, ficou falando comigo. Contou que, antes, ela não falava nunca, e rindo me explicou que seu problema era que agora não conseguia parar. E me disse que ela gostava do professor, gostava muuuuito, porque ele tinha lhe ensinado a perder o medo de se enganar.

Os alunos

Se a professora pergunta o que elas querem ser quando crescerem, elas se calam. E depois, falando baixinho, confessam: ser mais branca, cantar na televisão, dormir até meio-dia, casar com alguém que não me bata, casar com quem tenha automóvel, ir para longe e que nunca me encontrem.

E eles dizem: ser mais branco, ser campeão mundial de futebol, ser o Homem-Aranha e caminhar pelas paredes, assaltar um banco e não trabalhar nunca mais, comprar um restaurante e comer sempre, ir para longe e que nunca me encontrem.

Não vivem a grande distância da cidade de Tucumán, mas não a conhecem nem de vista. Vão para a escola, a pé ou a cavalo, dia sim, dias não, porque fazem rodízio com os irmãos no uso do único avental e no único par de alpargatas. E o que mais perguntam para a professora é: quando chega o almoço?

Condores

Em lombo de mula, ou lombo de moto, ou lombo de si mesmo, Federico Ocaranza percorre as montanhas de Salta. Ele anda curando bocas nessas solidões, nessas pobretudes. A chegada do dentista, o inimigo da dor, é uma boa notícia; e lá as boas notícias são poucas, como pouco é tudo.

Federico joga futebol com os meninos, que raras vezes visitam a escola. Eles aprendem o que sabem pastoreando cabras e perseguindo alguma bola de meia entre as nuvens.

Entre gol e gol se divertem caçoando dos condores. Deitam-se sobre o solo de pedra, com os braços abertos em cruz, e quando os condores se lançam ao ataque, os defuntinhos dão um pulo.

Mão de obra

Mohammed Ashraf não vai à escola.

Desde que sai o sol até que a lua apareça, ele corta, recorta, perfura, arma e costura bolas de futebol, que saem rodando da aldeia paquistanesa de Umar Kot para os estádios do mundo.

Mohammed tem onze anos. Faz isso desde os cinco.

Se soubesse ler, e ler em inglês, poderia entender a inscrição que ele prega em cada uma de suas obras: *Esta bola não foi fabricada por crianças.*

A recompensa

Sem casa e sem rumo, sem onde nem aonde, José Antonio Gutiérrez viveu e cresceu nas ruas da cidade da Guatemala.

Para driblar a fome, roubava. Para driblar a solidão, cheirava cola, e então se transformava em astro de Hollywood.

Um dia, ele foi-se embora. Foi para longe, para o norte, para o Paraíso. Driblando a polícia, pegando carona em catorze trens e caminhando mil e uma noites, conseguiu chegar à Califórnia. E lá se meteu e se perdeu e ficou.

Seis anos depois, no bairro mais miserável da capital guatemalteca, as batidas na porta despertaram Engracia Gutiérrez. Uns senhores de farda vinham notificá-la que seu irmão José Antonio, alistado no Corpo de Marines, havia morrido no Iraque.

Aquele menino de rua tinha sido a primeira baixa das forças invasoras na guerra de 2003.

As autoridades envolveram seu ataúde na bandeira de listas e estrelas e renderam-lhe honras militares. E fizeram dele um cidadão dos Estados Unidos, que era o prêmio que haviam prometido.

A televisão, que transmitiu ao vivo a cerimônia, exaltou o heroísmo do valente soldado que tinha caído combatendo contra as tropas iraquianas.

Depois ficou-se sabendo que ele havia sido morto pelo *fogo amigo*, que é como são chamadas as balas que se enganam de inimigo.

O cavalo

Tarde após tarde, Paulo Freire escorregava para o cinema do bairro da Casa Forte, no Recife, e sem pestanejar via e tornava a ver os filmes de Tom Mix.

As façanhas do *cowboy* de chapelão de abas largas, que resgatava as damas indefesas das mãos dos malvados, eram para ele muito interessantes, mas do que Paulo gostava mesmo era do voo do cavalo. De tanto olhar e admirar, se tornou amigo; e o cavalo de Tom Mix acompanhou-o, desde aquele tempo, pela vida afora.

Paulo muito andou e perambulou. Seu trabalho de educador revolucionário, homem que ensinava aprendendo, levou-o pelos caminhos do mundo. Mas ao longo dos caminhos e dos anos e dos prêmios e dos castigos, aquele cavalo da cor da luz continuou galopando, sem se cansar nunca, em sua memória e em seus sonhos.

Paulo buscava por todos os lados aqueles filmes da sua infância:

– *Tom o quê?*

Ninguém tinha a menor ideia.

Até que no fim, aos setenta e quatro anos de idade, encontrou os filmes em algum lugar de Nova York. E tornou a vê-los. Foi uma coisa de não acreditar: aquele cavalo luminoso, seu amigo de sempre, não parecia nada, nem um pouquinho, com o cavalo de Tom Mix.

Quando sofreu essa revelação, Paulo murmurou:

– *Não faz mal. Mas faz.*

A travessura final

Ouvindo ou lendo as histórias de Monteiro Lobato, as crianças do Brasil tinham aprendido a ser brasileiras e magas. Quando o escritor morreu, ficaram órfãs dele.

Mas as crianças não foram ao cemitério. Dois oradores, adultos, disseram adeus a Monteiro Lobato. E cada um o reivindicou como militante de seu partido: Rossini Camargo Guarnieri despediu-se do camarada comunista, e Phebus Gicovate falou em homenagem ao camarada trotskista.

Mal terminaram seus discursos fúnebres, os dois se engalfinharam num debate áspero. Discutiam no plural, como corresponde aos assuntos da revolução mundial:

– *Renegados!*
– *Divisionistas!*
– *Burocratas!*
– *Provocadores!*
– *Usurpadores!*
– *Traidores!*
– *Assassinos!*

Os argumentos iam e vinham. O combate ideológico foi subindo de tom, até que os polemistas passaram aos punhos e, trocando golpes, despencaram no túmulo aberto.

Dona Purezinha, a viúva, erguia os braços implorando respeito ao falecido.

Ela não sabia que Monteiro Lobato estava morrendo de novo, mas morrendo de rir. Era ele quem dirigia aquela barafunda.

Uma garrafa à deriva

Naquela manhã, Jorge Pérez perdeu o emprego. Não recebeu nenhuma explicação, não houve anestesia: assim de repente, perdeu o emprego de muitos anos na refinaria de petróleo.

Caminhou. Caminhou sem saber por que, sem saber para onde, obedecendo às suas pernas, que estavam mais vivas que ele. Na hora em que nada nem ninguém fazem sombra no mundo, as pernas foram levando Jorge ao longo da costa sul de Puerto Rosales.

Num canto da costa, viu uma garrafa. Presa entre os juncos, a garrafa estava fechada com rolha e lacre. Parecia um presente de Deus, para consolo de sua desdita, mas Jorge limpou o barro da garrafa e descobriu que ela estava cheia não de vinho, mas de papéis.

Deixou-a cair e continuou caminhando.

Pouco depois, voltou sobre seus passos.

Quebrou o gargalo da garrafa contra uma pedra e lá dentro encontrou alguns desenhos, um tanto borrados pela água que tinha entrado. Eram desenhos de sóis e gaivotas, sóis que voavam, gaivotas que brilhavam. Também havia uma carta, que tinha vindo de longe, navegando pelo mar, e estava dirigida a quem encontrar esta mensagem:

Oi, eu sou o Martim.
Eu tenho oito anos.
Eu gosto dos nhoque, dos ovo frito e da cor verdi.
Gosto de dizenhar.
Eu procuro um amigo pelos caminho da água.

Os caminhos da água

Parecia simpático. Caetano não o conhecia. O rapaz, que andava pela praia vendendo caranguejos, convidou Caetano para dar uma volta no seu barco.

– *Eu bem que gostaria, mas não posso* – disse Caetano. – *Tenho muito que fazer. Comprar umas coisas, pagar umas contas, ir ao correio...*

Acabaram indo. No barco foram ao mercado e ao banco e ao correio e a outros lugares. Ao longo da costa, pelas beiradas, penetraram na cidade; e pelo puro prazer de olhar para ela, se demoravam flutuando no mar sereno.

E assim aconteceu o segundo descobrimento de São Salvador da Bahia. Uma cidade era a cidade caminhada, esse barulho que jamais se cala, e muito outra era a cidade navegada. Caetano Veloso jamais havia andado a cidade assim, pelo lado molhado, pelo lado calado.

Ao cair da tarde, o barco devolveu Caetano à praia onde ele tinha sido recolhido. E então, ele quis saber como se chamava aquele rapaz que tinha revelado para ele aquela outra cidade que a cidade era. E de pé sobre o barco, o corpo negro brilhando contra a luz do último sol, o rapaz disse o seu nome:

– *Eu me chamo Marco Polo. Marco Polo Mendes Pereira.*

A água

No princípio dos tempos, a formiga não tinha a cintura fininha.

É o que diz o Gênese, segundo a versão que anda de boca em boca na costa colombiana do Pacífico: a formiga era redonda e estava toda cheia de água.

Mas Deus tinha se esquecido de molhar o mundo. Quando percebeu sua distração, pediu ajuda à formiga. E a formiga se negou.

Então, os dedos de Deus apertaram sua pança.

E assim nasceram os sete mares e todos os rios.

Os donos da água

Há empresas que são como essa formiga, só que muito maiores.

No final do século vinte, explodiu a guerra da água em Cochabamba.

Quando a empresa norte-americana Bechtel triplicou a tarifa de um dia para outro, as comunidades indígenas saíram marchando dos vales e bloquearam Cochabamba, e também a cidade se rebelou e todos ergueram barricadas e queimaram as contas de água, numa grande fogueira, na Plaza de Armas.

O governo da Bolívia respondeu a bala, como é habitual. Houve estado de sítio, mortos e presos, mas a rebelião continuou, incontida, dia após dia, noite após noite, durante dois meses, até que no ataque final a população de Cochabamba desprivatizou a água e recuperou o regadio de seus corpos e suas plantações.

Mas na cidade de La Paz os protestos não impediram que a empresa francesa Suez se apoderasse da água. A tarifa foi às nuvens, e quase ninguém conseguiu pagar a conta. Por que será?, se perguntaram os especialistas europeus e os governantes nacionais. Era claro: por causa do atraso cultural. Os bolivianos pobres, que são quase todos, ignoram que devem se banhar uma vez por dia, como é costume na Europa há quinze minutos, e também ignoram que devem lavar o automóvel que não têm.

Marcas

Um gesto de rejeição diante dos copos de água comum e corrente, e de imediato o *sommelier* apareceu na mesa e leu em voz alta a longa lista de águas engarrafadas.

Os clientes provaram algumas marcas desconhecidas na Califórnia, a uns sete dólares cada garrafa.

Beberam várias, enquanto comiam. Acharam muito boa a água *Amazonas*, da selva brasileira, e excelentes as marcas espanholas dos Pirineus, mas a melhor foi a francesa *Eau du Robinet*.

Do *robinet*, da torneira, vinham todas. As garrafas, etiquetadas por alguma empresa cúmplice, tinham sido enchidas na cozinha.

Esse almoço foi filmado, com câmara oculta, em um caro e prestigioso restaurante de Los Angeles. E foi exibido na televisão, no programa de Penn & Teller.

A fonte

No século doze, quando a água era gratuita como o ar e não existiam as marcas, o Papa e a mosca se encontraram junto a uma fonte.

O Papa Adriano IV, único pontífice inglês em toda a história do Vaticano, tinha vivido uma vida muito agitada por suas guerras incessantes contra Guilherme, o Mau, e Frederico Barba Ruiva. Da vida da mosca, não se conhece acontecimento algum que seja digno de menção.

Por milagre divino ou fatalidade do destino, seus caminhos se cruzaram na fonte de água da praça da aldeia de Agnani, um meio-dia de verão do ano de 1159.

Quando o Santo Padre, sedento, abriu a boca para receber o jorro, o díptero inseto meteu-se em sua garganta. A mosca entrou por engano naquele lugar que não era nem um pouco interessante, mas suas asas não conseguiram sair e os dedos do Papa não conseguiram arrancá-la.

Na batalha, pereceram os dois. O Papa, engasgado, morreu de mosca. E a mosca, prisioneira, morreu de Papa.

O lago

Holden Caulfield estava escutando as recriminações de seu professor do curso de História. Para escapar daquela feroz ladainha, pensava nos patos do Central Park de Nova York. Para onde iam os patos no inverno, quando o lago se cobria de gelo? O assunto interessava muito mais que os egípcios e suas múmias.

Salinger havia contado isso, num romance famoso.

Uns tantos anos depois, Adolfo Gilly, passeando sem rumo, chegou ao lago do Central Park. Não havia gelo. Era um meio-dia de outono, e um professor estava lendo essas páginas de Salinger, em voz alta, aos seus alunos.

Os garotos ouviam, sentados em roda.

Então, uma esquadrilha de patos aproximou-se nadando a toda velocidade. Os patos ficaram ali, pertinho da margem, enquanto o professor lia as palavras que falavam deles.

Depois o professor foi embora, seguido pelos seus alunos. E também foram embora os patos.

O rio

Há três séculos, o rio fugiu dos franceses. Depois, os ingleses também não conseguiram prendê-lo. Ele nunca estava onde os mapas diziam que estava. Algum colono desenhava seu curso algum dia, e na noite daquele dia o rio escapava e se punha a correr por outros rumos.

Em 1830, foi caçado. A cidade de Chicago cresceu cravada nas suas margens, para que ele nunca mais fugisse. E no final do século dezenove, a cidade completou a civilização do selvagem obrigando-o a fluir ao contrário, e trancando-o entre altos muros de cimento.

Certa manhã da primavera de 1992, quando o rio já levava muito tempo portando-se bem, a cidade amanheceu com os pés molhados. Foi um jeito feio de acordar. O metrô transpirava, transpiravam os porões. O rio domado tinha se desatado, e não havia meios de pará-lo: brotava pelos poros das paredes, em gotas primeiro e aos jorros depois, até que avançou contra a cidade e inundou suas ruas.

Após alguns dias de combate, o rebelde foi vencido.
Desde então, a cidade dorme com um olho aberto.

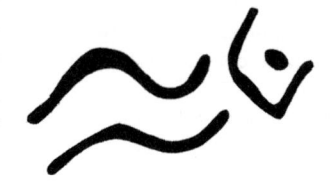

Vozes

Pedro Saad caminhou sobre as águas do rio Volga, que o inverno havia congelado. Foi no centro da Rússia, numa tarde de muito frio. Ele estava sozinho, mas acompanhado: enquanto andava ia sentindo, através das grossas solas das botas, a vibração do rio que estava vivo debaixo do gelo.

A inundação

As ruas eram obras de joalheiro; as igrejas, delícias de confeitaria; os palácios, presentes de loja de brinquedos.

Mas a bela Antigua, a capital da Guatemala, vivia com o coração nas mãos, entre os vômitos e as sacudidelas da terra irritada. Os vulcões a condenavam à aflição perpétua. O que não gastava em lágrimas ia embora em suspiros.

Em 1773, a terra corcoveou como nunca. E o pior foi que o rio saiu do leito e afogou pessoas e casas. E os que sobreviveram à inundação não tiveram mais remédio a não ser fugir em disparada para fundar, longe, outra cidade.

O rio que transbordou se chamava, se chama, Pensativo.

Caracóis

Pedimos ajuda aos deuses, aos diabos e às estrelas do céu. Aos caracóis, ninguém pede.

Mas graças aos caracóis os índios shipibos não morrem afogados cada vez que o rio Ucayali fica de mau humor e suas águas alvoroçadas invadem a terra e atropelam tudo que encontram pela frente.

Os caracóis avisam. Antes de cada calamidade, deixam seus ovos grudados nos troncos das árvores, bastante acima da altura onde as águas chegarão. E jamais erram o cálculo.

O dilúvio

Farto de tanta desobediência e pecado, Deus tinha decidido apagar da face da terra toda carne criada pela sua mão. Iam ser exterminados as pessoas e os bichos e as cobras e até as aves do céu.

Quando o sábio Johannes Stoeffler deu a conhecer a data exata do segundo dilúvio universal, que iria sepultar todos debaixo das águas no dia 4 de fevereiro de 1524, o conde Von Igleheim sacudiu os ombros. Mas então ocorreu que Deus em pessoa apareceu em seus sonhos, barba de relâmpagos, voz de trovão, e anunciou:

– *Morrerás afogado.*

O conde Von Igleheim, que era capaz de repetir a Bíblia inteira de cor, saltou da cama e mandou chamar com urgência os melhores carpinteiros da região. E num instante apareceu nas águas do rio Reno uma imensa arca flutuante, alta de três andares, feita de madeiras resinosas e calafetada por dentro e por fora. E o conde meteu-se dentro dela, com sua família e todos os seus serviçais e víveres em abundância, e levou para a arca um casal de macho e fêmea de cada espécie de todos os bichos que povoavam a terra. E esperou.

Caiu a chuva no dia marcado. Não muita, na verdade foi mais uma chuvinha; mas as primeiras gotas foram suficientes para desatar o pânico e uma multidão enlouquecida invadiu o cais e se apoderou da arca.

O conde resistiu e foi atirado nas águas do rio, onde, afogado, morreu.

Redes

Nas areias de barra da Guaratiba soam as gargalhadas das gaivotas. As barcas estão descarregando peixes e casos.

Um dos pescadores, Claudionor da Silva, aperta a cabeça e geme arrependido. Tinha pego um pargo de bom tamanho, mas o peixe apontou para trás com uma barbatana e disse: "Lá vem outro, muito maior do que eu". E ele acreditou, e deixou o peixe escapar.

Jorge Antunes mostra sua roupa nova: estava há vários dias perdido no mar, e uma onda violenta deixou-o nu e levou seu garrafão de água doce. Já tinha se resignado a morrer de sol e de sede, quando a rede trouxe um tubarão que tinha, na barriga, uma lata de Coca-Cola gelada e um chapéu, umas calças e uma camisa que nem tinham sido estreadas.

Reinaldo Alves ri com todos os seus dentes postiços. Não é por desprezo, diz, mas boa sorte, isso que a gente pode chamar de sorte grande, quem teve foi ele. Em pleno navegar, perdeu sua dentadura. Espirrou e a dentadura saiu voando para a água. Mergulhou, procurou, não encontrou. E um par de dias mais tarde, teve a sorte de pescar o linguado que a estava usando.

Camarões

Na hora dos adeuses, os pescadores preparam suas tarrafas nas costas do golfo da Califórnia.

Quando o sol, bruxo velho, chispa sua chispa final, as canoas já deslizam entre as ilhotas da costa. E lá, esperam pela lua.

Durante o dia, os camarões estiveram escondidos no fundo das águas, grudados no barro ou na areia. Mal a lua se deixa ver no céu, os camarões sobem. A luz da lua chama por eles, e lá se vão. Então os pescadores atiram as redes, dobradas nos ombros, e as redes se abrem feito asas no ar e, na queda, os agarram.

Assim, viajando rumo à lua, os camarões encontram sua perdição.

Ninguém diria, ao vê-los, que esses bichos barbudos têm tamanha tendência à poesia, feiosos do jeito que são; mas qualquer boca humana, ao saboreá-los, comprova.

A maldição

Nasceu chamando-se *Langland*. Era uma nau de três mastros e casco de ferro, que levava para a Europa o salitre do Chile e o guano do Peru.

Quando fez vinte anos, passou a se chamar *Maria Madre*; foi quando a má sorte começou. Continuou cumprindo suas travessias pelo mar, mas a desgraça a perseguia, e andava de mal a pior.

No começo do século, já machucada de muitas avarias, a nau foi proibida de sair do porto de Paysandú. Ficou prisioneira durante quarenta anos, sei lá por qual emaranhado de disputas por algum contrato não cumprido.

Em 1942, tornou a flutuar. E de novo mudou de nome. Chamando-se *Clara*, voltou ao mar. Zarpou com um carregamento de mil toneladas de sal.

Quando *Clara* estava saindo do rio da Prata, uma nuvem gigante, na forma de um charuto, elevou-se no horizonte. Mau sinal: o vento pampeiro atacou a nau, rompeu-a em pedaços e jogou em terra seus despojos. *Clara* caiu morta na Praia das Delícias, aos pés de uma casa. Era a casa de veraneio de Lorenzo Marcenaro, o homem que a havia batizado pela terceira vez, lá no dique de Paysandú.

Desde então, nenhuma nau se atreve a mudar de nome nestas águas do sul. O mar é livre; suas filhas, não.

O mar

Fazia quase um século que Rafael Alberti a levava pelo mundo, mas estava contemplando a Baía de Cádiz como se fosse a primeira vez.

Do terraço, estirado ao sol, perseguia o voo sem pressa das gaivotas e dos veleiros, a brisa azul, o ir e vir da espuma na água e no ar.

E virou-se para Marcos Ana, que calava ao seu lado, e apertando seu braço disse, como se nunca tivesse sabido, como se tivesse acabado de ficar sabendo:

– *Como é curta a vida.*

O castigo

Rainha e senhora foi a cidade de Cartago, nas costas da África. Seus guerreiros chegaram até as portas de Roma, a rival, a inimiga, e estiveram a ponto de esmagá-la debaixo das patas de seus cavalos e seus elefantes.

Alguns anos depois, Roma se vingou. Cartago foi obrigada a entregar todas as suas armas e naus de guerra, e aceitou a humilhação da vassalagem e do pagamento de tributos. Cartago aceitou tudo, inclinando a cabeça. Mas quando Roma ordenou que os cartagineses abandonassem o mar e fossem morar terra adentro, porque o mar era a causa de sua arrogância e de sua perigosa loucura, eles se negaram: isso sim que não, isso sim que nunca. E Roma amaldiçoou Cartago, e condenou-a ao extermínio. E para lá marcharam as legiões.

Cercada por terra e por água, a cidade resistiu três anos. Já não restava furo para ser raspado nos silos, e até os macacos sagrados dos templos tinham sido devorados: esquecida pelos deuses, habitada por fantasmas, legionários romanos varreram as cinzas fumegantes e regaram a terra com sal, para que ali nunca mais crescesse nada e ninguém.

A cidade de Cartagena, na costa da Espanha, é filha daquela Cartago. E é neta de Cartago a cidade de Cartagena das Índias, que muito depois nasceu na costa da América. Certa noite, falando baixinho, Cartagena das Índias me confessou o seu segredo: me disse que se alguma vez fosse obrigada a ir para longe do mar, também escolheria morrer, como morreu a sua avó.

O outro castigo

Não apenas por pena de exílio os povos marinheiros perdem seus mares.

Dia sim, e o outro também, a maré negra, pegajosa e mortal, ataca as águas e suas margens. No final do ano de 2002, um barco petroleiro, partido pelo meio, vomitou seu veneno sobre a Galícia e mais além.

A costa, negra de petróleo, se encheu de cruzes. Os peixes mortos e as aves mortas flutuavam na podridão das águas.

O Estado? Cego. O governo? Surdo.

Mas os pescadores, barcos ancorados, redes recolhidas, não estavam sozinhos. Milhares e milhares de voluntários enfrentaram, com eles, a invasão inimiga. Armados de pás e tachos e do que puderam encontrar, foram despindo trabalhosamente, dia após dia, semana após semana, as areias e as rochas que o petróleo havia vestido de luto.

Essas muitas mãos, estavam mudas? Elas não pronunciavam discursos de teatro. Fazendo diziam, em galego: *Nunca máis*.

Chuvarada

O céu se partiu, abriu-se num talho, e derramou toda a água que tinha. Choveu como se o céu quisesse esvaziar-se para sempre; e a chuva inteira caiu no mar.

Através das águas que se estendiam, alvoroçadas, de horizonte a horizonte, navegava um barco de guerra. Tombado na coberta, com as mãos debaixo da nuca, um jovem soldado se deixava empapar. E se fazia perguntas.

Embora estivesse cumprindo o serviço militar, o que interessava a ele era a ciência. Ele nunca tinha visto chover em alto-mar, e estava buscando explicação para semelhante disparate. Como bom cientista, aquele soldadinho acreditava, ou queria acreditar, que às vezes a natureza se faz de louca, simula demência, mas ela sempre sabe o que faz.

Isaac Asimov passou horas e horas estendido ali, crivado pela fuzilaria do céu, e não encontrou nenhuma resposta. Por que a natureza joga água no mar, que tem água de sobra, havendo no mundo tantas terras mortas de sede, que imploram um favorzinho às nuvens?

A seca

Lamin Sennah e seus irmãos já não brincavam mais. Desde que a seca havia começado, estavam dedicados a escavar, em vão, a terra bombardeada pelo sol.

A mãe despiu suas orelhas e seu pescoço, vendeu seus brincos e seus colares, e depois foi vendendo suas roupas e as coisas da casa.

No centro da casa sem nada, ela acendia o fogo, cada dia, para o pouquinho que nadava no caldeirão.

Comeram os derradeiros grãos.

A mãe continuava acendendo o fogo, para que os vizinhos vissem a fumaça.

Longo estado de sítio: cercados pela seca, Lamin e seus irmãos passavam as noites com os olhos abertos e passavam os dias bocejando sem parar e tremendo como se fizesse frio. Sentados ao redor do fogo, os braços esquálidos debaixo dos joelhos, já nem mesmo suplicavam chuva ao céu.

Então a mãe saiu e regressou sem a colherinha de prata que ela guardava, escondida, debaixo do soalho.

A colherinha, seu tesouro secreto, sua única herança, tinha sido dos avós de seus avós, muito antes que Gâmbia, seu país, fosse um país.

Aquela última venda lhes deu algo de comer.

– *Mas ela se apagou* – conta Lamin.

A mãe já não conseguiu se levantar. Já não houve fogo no centro da casa.

O deserto

Quando o mundo estava começando a ser mundo, Tunupa, a montanha, perdeu o filho, e ela vingou a morte regando sobre a terra o leite azedo de seus peitos. A estepe andina, inundada, transformou-se num infinito deserto de sal.

A salina de Uyuni, nascida daquele rancor, engole os caminhantes; mas Román Morales lançou-se à travessia, partindo da margem onde as chamas e as vicunhas detêm seu passo.

Pouco depois de ter começado a andar perdeu de vista os últimos sinais do mundo.

Passaram-se as horas, os dias, as noites, enquanto rangiam os cristais de sal debaixo de suas botas.

Queria voltar, mas não sabia como, e queria continuar, mas não sabia para onde. Por mais que esfregasse os olhos, não conseguia encontrar nenhum horizonte. Cego de luz branca, ele caminhava sem ver outra coisa que o branco nada do fulgor do sal.

Cada passo doía.

Román havia perdido a conta do tempo.

Desmoronou várias vezes. E várias vezes foi despertado a pontapés pelo gelo da noite ou pelo fogo do dia, e ergueu-se e continuou caminhando, com pernas que não eram as suas pernas.

Quando o encontraram, tombado perto da aldeia de Altucha, fazia tempo que o sal tinha devorado suas botas a dentadas e não restava nem uma gota de água em seu cantil.

Ressuscitou aos poucos. E quando se convenceu de que não estava no céu, nem no inferno, Román se perguntou: *Quem terá atravessado esse deserto*?

O camponês

Angelo Giuseppe Roncalli, nascido e crescido em roçado pobre, não chorava de emoção quando recordava sua infância camponesa:

— *Os homens* — dizia — *têm três maneiras de arruinar a vida: as mulheres, os jogos de azar e a agricultura. Meu pai escolheu a mais chata.*

Mas ele subia, todo dia, na Torre do Vento, a torre mais alta do Vaticano, e lá sentava-se para olhar. Luneta na mão, dava uma rápida olhada sobre as ruas e depois procurava as sete colinas das redondezas de Roma, onde a terra ainda é terra. E na contemplação do verdejar distante passava as horas, até que o dever o forçava a interromper a comunhão.

Então, Angelo vestia o manto branco, com sua lapiseira e sua cruz no peito, as únicas propriedades que tinha neste mundo, e regressava ao trono onde tornava a ser o papa João XXIII.

Parentes

Em 1992, enquanto eram celebrados os cinco séculos de algo assim como a salvação das Américas, um sacerdote católico chegou a uma comunidade afundada nos grotões do sudeste mexicano.

Antes da missa, a confissão. Em idioma tojolobal, os índios contaram seus pecados. Carlos Lenkersdorf tratou de fazer tudo que pôde traduzindo as confissões, uma atrás da outra, embora soubesse muito bem que é impossível traduzir esses mistérios:

– *Diz que abandonou o milho* – traduziu Carlos. – *Diz que muito triste está o milharal. Muitos dias sem ir.*

– *Diz que maltratou o fogo. Espancou o lume, porque não ardia bem.*

– *Diz que profanou a vereda, que andou dando golpes de facão sem razão.*

– *Diz que machucou o boi.*

– *Diz que derrubou uma árvore e não disse a ela o motivo.*

O sacerdote não soube o que fazer com aqueles pecados, que não aparecem no catálogo de Moisés.

Família

Jerônimo, o avô de José Saramago, não tinha letras, mas era sabido, e calava o que sabia.

Quando ficou doente, viu que tinha chegado a sua hora. E caladamente caminhou pelo pomar, detendo-se de árvore em árvore, e abraçou-as uma por uma. Abraçou a figueira, o loureiro, o pé de romã e as três ou quatro oliveiras.

No caminho, um automóvel esperava.

O automóvel levou-o até Lisboa, até a morte.

A oferenda

Enrique Castañares fez aniversário, e teve festa.

Manuela Godoy não foi convidada; mas os violões a chamaram.

Ela não era de se aproximar. Não se dava com ninguém. Sem ninguém, para ninguém, havia vivido e bebido seus anos, ninguém sabia quantos, sempre trancada em seu ranchinho nos arredores da cidade de Robles. Sabia-se que era tão pobre que não tinha nem pulgas, e tão sozinha era que dormia abraçada a uma garrafa.

Mas naquela noite, na noite da festa, Manuela andou dando voltas ao redor da casa dos Castañares, espiando pelas janelas, até que a convidaram para entrar e ela se somou ao bailongo.

Dançou sem parar, até cansar a todos, e tomou todo o vinho.

Foi a última a ir embora. Embrulharam para ela umas tiras de churrasco e algumas empadas; e com essa carga às costas ela se foi, no fim da noite. Traçando esses ela meteu-se no milharal e desapareceu.

Na manhã seguinte, quando Enrique, o aniversariante, apareceu na porta, lá estava ela. Esperando.

– *Esqueceu alguma coisa, dona Manuela?*

Ela negou com a cabeça. Em suas mãos, como em um cálice, resplandecia uma abobrinha. Era a primeira abobrinha de sua colheita particular.

– *É toda sua* – disse.

As uvas

Não eram explosões de celebração, eram ruídos de guerra.

A metralha e as bombas atordoavam o céu de Zagreb, atravessado pelas balas traçantes.

Morria o ano velho e a Iugoslávia morria, enquanto Fran Sevilla terminava de transmitir para Madri, para a Rádio Nacional, sua última reportagem do ano.

Fran desligou o telefone e olhou o relógio, à luz de um isqueiro. Engoliu em seco. Ele estava sozinho, num hotel vazio, sem outra companhia além dos gritos das sirenes e dos trovões do bombardeio, e faltavam poucos minutos para que nascesse o ano novo. Os fogos fulgurantes da guerra, que se metiam pela janela, eram a única luz do quarto.

Recostado na cama, Fran arrancou doze uvas de um cacho. E à meia-noite em ponto, as comeu.

Enquanto comia as uvas, uma atrás da outra, ia dando doze batidinhas, com um garfo, em uma garrafa de bom vinho Rioja que tinha trazido da Espanha.

Essa coisa das batidinhas na garrafa ele havia aprendido de seu pai, quando Fran era menino e vivia nos arrabaldes de Madri, num bairro que não tinha sinos.

O vinho

Lucila Escudero fazia por não saber a própria idade.

Já havia enterrado sete filhos e continuava olhando o mundo com olhos de recém-chegada. Perambulava pelos três pátios de sua casa de Santiago do Chile, três bosques que ela regava todo dia; e depois de conversar com suas plantas, ia caminhar pelas ruas vizinhas, surda às suas penas e a seus achaques e a todas as vozes tristes do tempo.

Lucila acreditava no Paraíso, e sabia que o merecia, mas sentia-se muito melhor na sua casa. Para despistar a morte, dormia cada noite num lugar diferente. Nunca lha faltava algum tataraneto para ajudá-la a empurrar a cama para outro lado, e sorria de orelha a orelha pensando no carão que a Indesejada das Gentes ia levar quando fosse buscá-la.

Então, acendia o último cigarro do dia, em sua longa piteira lavrada, enchia uma copa de tinto do vale do Maipo e entrava no sonho bebendo o vinho em pequenos goles, um para cada amém, enquanto rezava os pai-nossos e as ave-marias.

A casa de vinhos

Chamava-se *As teiazinhas* por causa das teias que a aranha Ramona tecia no teto, sem descanso, dando exemplo de laboriosidade aos vizinhos do porto de Montevidéu.

Era a loja do verdureiro durante o dia, e taverna de vinhos na noite. Debaixo das estrelas, nós, os noiteiros, bebíamos, cantávamos e conversávamos.

As dívidas eram anotadas na parede, atrás do balcão.

– *Esta parede está desabando de tão suja* – comentavam os fregueses, como quem não quer nada, entre copo e copo.

Os irmãos D'Alessandro, o Lito e o Rafa, o gordo e o magro, bancavam os surdos, até não terem mais onde anotar mais números.

Então vinha a Noite do Perdão, e a cal branqueava as contas.

Os velhos fregueses celebravam o acontecimento, e os novos clientes eram batizados com um pequeno toque de vinho na testa.

A cerveja

Esse elixir leva à perdição. À perdição dos caracóis.

Quando escurece, eles saem de seus esconderijos e em ritmo de caracol avançam dispostos a devorar a carne verde das plantas.

No meio da horta, um copo de cerveja monta guarda. É uma tentação irresistível. Chamados pelo aroma, os caracóis sobem no alto do copo. E da beira do abismo, se aproximam da saborosa espuma, e costa abaixo deslizam, deixando-se cair. E no mar de cerveja, bebadinhos, felizes, se afogam.

A fruta proibida

Dámaso Rodríguez tinha vacas, mas não tinha pasto. As vacas andavam por todos os lados, perambulando por aqui, por ali, e ao menor descuido de seu dono metiam-se no povoado de Ureña e iam rebolando rumo ao parque da sua tentação.

Elas iam direto ao grande matagal do parque. Lá estavam as plantas inchadas, transbordantes, e havia um tapete de mangas regadas pelo chão.

Os guardas interrompiam o banquete. Arrebanhavam as vacas a pauladas e as trancavam em calabouços.

Dámaso passava horas na delegacia, aguentava o plantão e o sermão, até que no final pagava a multa e liberava suas vacas.

Aura, a filha, às vezes o acompanhava. Voltava lacrimejando, enquanto o pai explicava a ela que as autoridades sabiam o que faziam. Embora as mangas fossem muitas, e acabassem secando jogadas por aí, os animais não mereciam aquela maravilha de sabor. As vacas não eram dignas daquele manjar dourado de suco espesso, reservado aos homens como consolo do viver.

– *Chora não, filhinha. A autoridade é a autoridade, as vacas são as vacas e os homens são os homens* – dizia Dámaso.

E Aura, que não era autoridade, nem vaca, nem homem, apertava sua mão.

O pecado da carne

Ele mesmo fez as contas, como era costume. Seus homens não sabiam somar, ou somavam mentindo. Repetiu a operação, confirmou que faltava um bezerro.

Agarrou o peão suspeito, amarrou-o com uma corda, montou a cavalo e levou-o arrastado para longe.

Esfolado pelos pedregais, o peão chegou mais morto que vivo, mas dom Carmen Itriago usou seu tempo e estaqueou-o com esmero. Cravou as forquilhas, uma por uma, e em cada forquilha atou, com cordas úmidas, as mãos, os pés, a cintura e o pescoço do condenado.

Os restos do peão choravam:

– *Eu pago o bezerro, dom Carmen. Dou ao senhor o que for. Dou a vida.*

– *Até que enfim encontro alguém que está de acordo comigo* – disse o patrão, do alto do cavalo, e se afastou trotando na poeira.

Testemunha não houve. Só o cavalo, que já morreu. Do peão, comido pelas formigas e pelos sóis, não se guardou nem o nome: só ficaram os ossos, os braços em cruz, sobre a terra vermelha. E dom Carmen não era homem de andar falando dessas questões, porque a propriedade privada forma parte da vida privada, e a vida privada é assunto de cada um.

No entanto, Alfredo Armas Alfonzo contou tudo isso. Ele esteve lá sem estar, e viu sem ver, como viu tudo que ocorreu, desde que o mundo é mundo, nesse vasto vale que o rio Unare parte pela metade.

Carne de caça

Arnaldo Bueso estava fazendo quinze anos.

Os mais velhos festejaram seu aniversário com uma grande caçada no bosque, nas margens do rio Ajagual. Por ser a sua primeira vez, deram a ele um posto na retaguarda. Foi deixado em algum lugar do bosque espesso, com instruções de não se mexer dali. E ali ficou ele, olhando o rifle 22 que olhava para ele, enquanto os caçadores soltavam seus cães e lançavam seus cavalos a galope.

Afastaram-se os latidos, desvaneceram-se os ruídos.

O rifle estava dependurado numa correia atada num galho de árvore.

Arnaldo não se atrevia a tocá-lo. Deitado, com as mãos na nuca, distraía-se contemplando a passarada que revoava na folhagem da árvore. A espera foi longa. Embalado pelos pássaros, dormiu.

Foi acordado pelo estrépito da folhagem partida. Ficou paralisado de susto. Chegou a ver que um veado enorme avançava contra ele, em disparada: o veado saltou, enroscou-se na correia do fuzil, e Arnaldo escutou um disparo. O animal caiu fulminado.

Todo mundo em Santa Rosa de Copán celebrou a façanha. Era algo nunca visto: um disparo certeiro, de baixo para cima, em pleno salto, direto ao coração.

Anos mais tarde, em sua casa, Arnaldo interrompeu uma animada rodada de rum com seus amigos. Pediu silêncio, como quem inicia um discurso. Apontou a enorme galharda que, da parede, testemunhava a primeira e última glória de sua vida de caçador, e confessou:

– *Foi suicídio.*

Carne de ofensa

Um homem solitário, prisioneiro do desejo, caminhava na intempérie. As suaves colinas do campo, não muito longe de Montevidéu, inchavam-se em perturbadores curvas de peitos e coxas. Paco olhava para cima, querendo escapar da tentação carnal, mas também o céu negava paz aos seus olhos: lá em cima as nuvens se moviam em passos pequenos, ondulavam, se ofereciam.

A irmã de Paco, Victoria, dona da chácara, havia advertido:

– Não. Galinha ensopada, não. Ninguém toca nas galinhas.

Mas Paco Espínola havia estudado os gregos, e sabia alguma coisa dessas coisas do destino. Suas pernas caminharam rumo ao território proibido e ele, obediente às vozes da fatalidade, se deixou levar.

Um bom tempo depois, Victoria viu Paco chegando. Em passos lentos, ele trazia alguma coisa que balançava, pendurada em sua mão. Quando Victoria viu que aquela coisa era uma galinha morta, saiu na sua direção, feito fera.

Paco exigiu silêncio. E contou a verdade.

Ele tinha entrado no galpão, procurando uma sombra, quando viu uma galinha de plumagem dourada. Jogou um punhado de milho, e a galinha serviu-se e disse: "Muito obrigada".

Então, aproximou-se uma galinha cor de neve, que também era educada e comeu e agradeceu.

– E então apareceu esta aqui – contou Paco, sacudindo a degolada. – Eu ofereci a ela uns grãozinhos. Ela nem tocou. "Você não quer comer, querida?", perguntei. E ela ergueu a crista e me disse: "Vá pra puta que te pariu". Está vendo, Victoria? Falando da nossa mãe, Victoria, da mamãe!

A dieta

Sarah Tarler Bergholz era muito baixinha. Não precisava sentar-se para que os netos penteassem suas melenas, que caíam em caracóis da sua cara simpática até o umbigo.

Sarah estava tão gorda que já nem podia respirar. Num hospital de Chicago, o médico disse a ela o que era evidente: para recuperar a proporção entre estatura e volume, deveria fazer uma dieta rigorosa e eliminar as gorduras.

A voz de Sarah era de seda. Suas mais enérgicas afirmações pareciam confidências. Falando como que em segredo, olhou fixo para o médico, e disse:

– *Eu não tenho certeza se a vida vale a pena sem salame.*

Morreu, abraçada à sua perdição, no ano seguinte. O coração falhou. Para a ciência, era um caso claro; mas jamais se saberá se o coração estava farto de tanto salame ou exausto de tanto se dar.

A comida

A tia havia ensinado Nicolasa a caminhar e a cozinhar.

Ao pé do fogão, havia revelado os segredos dos manjares que, por herança ou invenção, nasciam de sua mão. Assim, Nicolasa cresceu descobrindo os antigos mistérios da mesa mexicana e também aprendeu a celebrar assombrosos matrimônios entre sabores e *picores* que nunca antes haviam tido o prazer de se conhecerem.

Um tempinho depois da morte da tia, chegaram queixas vindas do cemitério. Os defuntos não conseguiam dormir, por causa do ruído que vinha da sua sepultura. Ela não descansaria em paz enquanto suas receitas não fossem feitas.

Nicolasa não teve outro remédio a não ser fundar um restaurante. E é lá que ela oferece comidas que muito deleite dariam aos deuses, se eles não tivessem a desgraça de morar tão longe.

Natureza viva

Alfredo Mires Ortiz queria recolher a memória dos costumes e dos tempos em Cajamarca. Os moradores de lá sugeriram alguns temas de trabalho:
o eclipse,
a chuva,
a inundação,
a neblina,
a geada,
o vendaval,
o redemoinho.
Alfredo concordou:
– *Ah, sei* – disse ele. – *Fenômenos naturais.*
Com os anos, Alfredo aprendeu.
Aprendeu que o eclipse ocorre porque o sol e a lua são um casal que se dá mal, sol de fogo, lua de água, e quando se encontram brigam, e o sol queima a lua ou a lua molha o sol e o apaga;

e aprendeu que a chuva é irmã dos rios;

que pelos rios corre o sangue da terra, e há inundação quando o sangue se derrama;

que a neblina morre de rir debochando dos caminhantes;

que a geada é zarolha, e por isso queima as plantações de um lado só;

que o vendaval lambe os lábios comendo as sementes semeadas na lua verde;

e que o redemoinho dá voltas porque tem um pé só.

Alma ao ar

Segundo dizem algumas antigas tradições, a árvore da vida cresce pelo avesso. O tronco e os galhos para baixo, as raízes para cima. A copa afunda na terra, as raízes olham o céu. Não oferece os seus frutos, mas a sua origem. Não esconde o mais entranhável, o mais vulnerável, debaixo da terra, mas o mostra à intempérie: entrega suas raízes, em carne viva, aos ventos do mundo.

– *São coisas da vida* – diz a árvore da vida.

O ginkgo

É a mais antiga das árvores. Está no mundo desde os tempos dos dinossauros.

Dizem que suas folhas evitam a asma, acalmam a dor de cabeça e aliviam os achaques da velhice.

Também dizem que o ginkgo é o melhor remédio para a memória fraca. Está comprovado. Quando a bomba atômica transformou a cidade de Hiroshima num deserto de negror, um velho ginkgo caiu fulminado perto do centro da explosão. A árvore ficou tão calcinada como o templo budista que protegia. Três anos depois, alguém descobriu que uma luzinha verde assomava no carvão. O tronco morto havia dado um broto. A árvore renasceu, abriu seus braços, floresceu.

Esse sobrevivente da matança continua lá.

Para que ninguém esqueça.

História viva

Pelo que se conta em Veracruz, essa foi a primeira casa de Hernan Cortez em terras do México.

Cortez mandou que fosse feita de adobe, com pedras do rio Huitzilapan e corais dos recifes do mar, perto do lugar onde havia amarrado sua nau capitã.

A casa, ainda em pé, parece viva; mas morreu de asfixia. Uma árvore enorme estrangulou, com mil braços, a casa do conquistador. Ramos, cipós e raízes esmagaram as paredes, invadiram o pátio e taparam as janelas, por onde já não entra nem um pouquinho de luz. A ramagem emaranhada e espessa só deixou uma porta aberta, para ninguém, enquanto dia a dia continua cumprindo a lenta cerimônia da devoração, um trabalho de séculos, diante da indiferença ou do desprezo dos vizinhos.

O *cuxín*

Ali havia nascido, ali havia dado seus primeiros passos.

Quando Rigoberta pôde regressar à Guatemala, anos depois, sua comunidade já não existia. Os soldados não haviam deixado nada vivo na comunidade que tinha se chamado Laj-Chimel, a Chimel pequenina, a que se guardava na palma da mão: mataram os comuneiros e o milho e as galinhas; e os poucos índios fugitivos tiveram que estrangular seus cães, para que seus latidos no meio do mato não os delatassem.

Rigoberta Menchú zanzou pela sua terra através da névoa, montanha acima, montanha abaixo, à procura dos arroios da sua infância, mas não havia nenhum. Estavam secas as águas onde ela havia se banhado, ou talvez tivessem ido para longe dali.

E das árvores mais anciãs, que ela acreditava erguidas para sempre, só restavam restos apodrecidos. Aquelas ramas poderosas haviam servido para atar as forcas, e aqueles troncos tinham sido paredões de fuzilamento; e depois as árvores tinham se deixado morrer.

E continuou Rigoberta caminhando na névoa, névoa adentro, gota sem água, folhinha sem ramo: procurou seu amigo, o *cuxín*, procurou-o lá onde ele vivia, e não encontrou nada além de suas raízes secas ao ar. Aquilo era tudo que restava da árvore que em seus anos de exílio a visitava em sonhos, sempre frondosa de flores brancas de coração amarelo.

O *cuxín* havia envelhecido num instante, e tinha se arrancado a si mesmo com raiz e tudo.

Árvore que recorda

Sete mulheres sentaram-se em círculo.
De longe, da sua cidade de Momostenango, Humberto Ak'abal havia trazido para elas algumas folhas secas, recolhidas ao pé de um cedro.
Cada uma das mulheres quebrou uma folha, suavemente, contra o ouvido. E assim abriu-se a memória da árvore:
Uma sentiu o vento soprando junto à sua orelha.
Outra, a fronde que, devagarinho, balançava.
Outra, um bater de asas de pássaros.
Outra disse que em sua orelha chovia.
Outra escutou um bichinho qualquer que corria.
Outra, um eco de vozes.
E outra, um lento rumor de passos.

Flor que recorda

Parece orquídea, mas não. Cheira a gardênia, mas também não. Suas grandes pétalas, asas brancas, tremem querendo voar, ir-se embora do talo; e há de ser por isso que em Cuba é chamada de *borboleta*.

Alessandra Riccio plantou, na terra de Nápoles, um bulbo de borboleta, trazido de Havana. Em terra estranha, a borboleta deu folhas, mas não floresceu. E passaram-se os meses e os anos, e continuava sem dar nada além de folhas quando uns amigos cubanos de Alessandra chegaram a Nápoles e ficaram em sua casa durante uma semana.

Então, nos arredores da planta, soaram e ressoaram as vozes de sua terra, o antilhano jeito de dizer cantando: a planta escutou aquela música das palavras durante sete dias e sete noites, porque os cubanos falam acordados e dormindo também.

Quando Alessandra disse adeus aos seus amigos e voltou do aeroporto, encontrou em sua casa uma flor branca recém-nascida.

O flamboyant

Nas noites, Norberto Paso carregava sacos no porto de Buenos Aires.

Nos dias, longe do porto, erguia essa casa. Blanca levantava para ele os tijolos e os baldes de argamassa, e as paredes iam crescendo em torno do quintal de terra.

Essa casa estava a meio fazer quando Blanca trouxe um flamboyant do mercado. Era uma árvore pequenina, ela havia pago um dinheirão, Norberto agarrou os cabelos:

– *Você enlouqueceu* – disse. E ajudou a plantá-la.

Quando terminaram a casa, Blanca morreu.

Agora se passaram os anos, e Norberto sai pouco. Uma vez por semana, viaja algumas horas até o centro da cidade, se junta a outros velhos que protestam porque a pensão da aposentadoria é uma merda que não dá nem para pagar a corda em que se enforcar.

Quando Norberto regressa, tarde da noite, o flamboyant está esperando.

O carvalho

Seu mestre tinha morrido, de morte infame, numa cruz de Jerusalém. Vinte séculos depois, uma rajada de balas partiu o peito de Carlos Mugica numa rua de Buenos Aires.

Orlando Yorio, seu irmão na fé, quis lavar o sangue de Carlos. Levou um balde de água e uma vassoura, mas os guardas não deixaram. E Orlando ficou parado na frente da casa, vassoura na mão, os olhos cravados naquele charco grande como sangue de muitos.

E de repente desabou a chuva, sem aviso, em fúria total, e levou o sangue até o pé de um carvalho. E o carvalho bebeu o sangue até a última gota.

Diálogo verde

Parecem imóveis, mas respiram e andam, procurando luz.

E falam. Sabe-se pouco, mas está provado, pelo menos, que quando uma árvore sofre golpes ou é ferida, se defende transpirando veneno e lança um sinal de alerta às árvores vizinhas. Pelo ar viajam palavras que no idioma arvorês dizem: *perigo,* e dizem: *cuidado.* E então também as árvores vizinhas se defendem transpirando veneno.

Talvez tenha sido assim desde as primeiras árvores que se ergueram sobre a terra, e se multiplicaram, e tão imensos foram os bosques que, segundo reza a tradição, um esquilo poderia percorrer o mundo de galho em galho.

Agora, entre deserto e deserto, as árvores sobreviventes mantêm esse antigo costume de bons vizinhos.

Mudos

Muitos são os anéis que seus aniversários desenharam em seu tronco. Essas árvores, esses gigantes cheios de anos, levam séculos cravados no fundo da terra, e não podem fugir. Indefesos diante das serras elétricas, rangem e caem. Em cada derrubada o mundo vem abaixo, e a passarada fica sem casa.

Morrem assassinados os velhos estorvos. Em seu lugar, crescem os jovens rentáveis. Os bosques nativos abrem espaço para os bosques artificiais. A ordem, ordem militar, ordem industrial, triunfa sobre o caos natural. Parecem soldados em fila os pinheiros e eucaliptos de exportação, que marcham rumo ao mercado internacional.

Fast food, fast wood: os bosques artificiais crescem num instante e vendem-se num piscar de olhos. Fontes de divisas, exemplos de desenvolvimento, símbolos do progresso, esses criadouros de madeira ressecam a terra e arruínam os solos.

Neles, os pássaros não cantam.

As pessoas os chamam de *bosques do silêncio*.

Sozinha

A arara era muito filhote quando a árvore onde estava seu ninho foi tombada.

Presa numa gaiola, entre as quatro paredes de uma casa, passou a vida inteira. Quando a dona morreu, ficou abandonada. Foi recolhida pela família Schlenker, que nos arredores de Quito tem um refúgio para animais tristes.

Aquela arara nunca tinha visto um parente. Agora não se entende com as outras araras, nem com qualquer outro de seus primos da família papagaia.

Nem com ela própria se entende. Acocorada num canto, treme e grita, arranca as penas a bicadas, tem a pele sangrada e nua.

Pobre bicho, digo. Mais sozinha, impossível. Mas Abdón Ubidia, que me levou até o refúgio, me apresenta o sozinho mais sozinho do mundo.

É o último aguti paca, a última cotia de monte, que passa as noites caminhando em círculos e passa os dias escondida debaixo do tronco oco de uma árvore caída. Ela é a única de sua espécie que sobrou viva nessa região. Todos os seus foram exterminados.

Enquanto espera a morte, não tem ninguém com quem conversar.

Houdini

Seus sequestradores tinham cortado uma de suas asas, quando o caçaram na selva. Kitty Hischier encontrou-o no mercado de Puerto Vallarta. Sentiu pena, comprou-o para libertá-lo. Mas o papagaio não conseguia se arrumar sozinho. Mutilado daquele jeito, era um petisco fácil para o papo de qualquer um. Kitty decidiu levá-lo, engaiolado, em sua camionete. Tinha a intenção de passá-lo, clandestino, pela fronteira. Ele seria um a mais entre os milhares e milhares de mexicanos indocumentados nos Estados Unidos.

Foi batizado de Houdini, por causa de sua tendência à fuga. No primeiro dia de viagem, levantou a porta da gaiola com seu poderoso bico. No segundo dia, ergueu o chão da jaula por baixo. No terceiro dia, fez um buraco na teia de arame. No quarto dia, tentou a fuga pelo teto, mas já não tinha forças.

Houdini não falava nem comia. Em greve de língua, em greve de fome, morreu.

As rãs

Dizem que se uma moça beija um sapo, o sapo vira príncipe. O sapo não parece muito beijável, mas algumas tentaram. Não funcionou.

Em compensação, quando os pesticidas químicos beijaram as rãs, as rãs se transformaram em monstros.

Antes, muito de vez em quando aparecia algum filho deformado na família das rãs, mas as esquisitices se fizeram habituais, nestes últimos anos, lá nos lagos de Minnesota, nos bosques da Pensilvânia e em muitos lugares. São cada vez menos raras as rãs que nascem, e cada vez são mais as que nascem com uma pata a mais ou a menos, ou sem os olhos.

O fatal encontro com os venenos químicos, disseminados pelo vento, ocorreu quando elas já levavam muitos milhões de anos vivendo entre a água e a terra, desde aquele remoto dia em que o canto da primeira rã rompeu o silêncio do mundo.

Sementes

No Brasil, os camponeses perguntaram: *Por que tem tanta gente sem terra, tendo tanta terra sem gente?* Responderam a eles a bala.

Mas eles tinham perdido o medo, que era sua única herança. E também continuaram perguntando, e conquistando terras, e cometendo o delito de querer trabalhar.

Foram milhões e continuaram perguntando. Perguntaram: *Por que permitem que as torturas químicas atormentem a terra?* E também: *O que será de nós se as sementes deixarem de ser sementes?*

No começo do ano de 2001, os camponeses sem terra invadiram uma plantação experimental de sementes geneticamente modificadas, da empresa Monsanto, no Rio Grande do Sul. Não deixaram de pé nem uma única planta de soja artificial.

A plantação se chamava *Não me toque*.

Ervas

Para ardência na barriga, tomate assado e sem pele.
Para indigestão, *tepozán* fervido.
Para as dores, bálsamos de cacto maguey, as folhas longas e ásperas da árvore gigante chamada *hule*, ou figo-da-índia cozido.
A carne do cacto nogal e a salsaparrilha purificam o sangue, as cascas das favas limpam os rins, e os pinhões purgam os intestinos.
As flores vermelhas de cinco dedos, da árvore *manitas*, dão serenidade e coragem ao coração.
Os conquistadores encontraram essas novidades no México. E as levaram para a Espanha, junto com outras ervas, de nomes indígenas impronunciáveis, que baixavam a febre, matavam os parasitas, liberavam a urina trancada ou anulavam o veneno das serpentes.
A antiga farmácia americana foi bem recebida na Europa.
Mas alguns anos depois, a Santa Inquisição desatou a caçada. A sabedoria das plantas era um instrumento de bruxas e demônios, disfarçados de médicos, que mereciam o suplício ou a fogueira. Por debaixo de suas roupagens exóticas, assomavam os cascos do Maligno.
Essas beberagens e esses unguentos vinham da América, do inferno, como os fogos do chocolate e os fumos do tabaco, que convidavam ao pecado em leito alheio, e como os cogumelos demoníacos, que os pagãos comiam para flutuar nos ares pelas artes malvadas de suas idolatrias.

Senhora que cura

Essa montanha é uma montanha?

Ou é uma mulher estendida ao sol, de tetas altas e joelhos erguidos?

Na língua dos navajos, se chama Diichiti.

As nuvens regam seu corpo curandeiro, onde brotam as ervas que dão aos enfermos remédio ou consolo.

Suas entranhas são de pedra-pomes. A empresa Arizona Tufflite mordeu-a durante anos. Está em carne viva. Pouca é a pele verde que sobrou. As feridas enormes são vistas de longe.

As escavações se multiplicaram desde que a moda mandou envelhecer o novo, e se impuseram no mercado as calças *jeans* gastadas com pedra-pomes. Mas também se multiplicaram os protestos, e desta vez foram um só trovão. Uniram suas vozes os navajos, os hopis, os hualapais, os dinés, os zunis e outros povos, tradicionalmente divididos por aqueles que mandam. E a empresa teve de ir embora.

Enquanto o novo milênio nascia, os índios começaram a curar a mulher que os cura.

Senhora que escuta

Ao mesmo tempo, a milhares de léguas ao sul, os índios u'wa foram expulsos a tiros de suas terras nas montanhas de Samoré. Helicópteros e tropas de infantaria limparam o caminho para a empresa Occidental Petroleum, e a imprensa colombiana divulgou palavras de boas-vindas a *este avanço do progresso num meio hostil*.

Quando as brocas gigantes começaram sua tarefa, os especialistas anunciaram que a perfuração iria render pelo menos um bilhão e quatrocentos milhões de barris de petróleo.

Ao amanhecer e ao entardecer de cada dia, os índios se juntavam para cantar seus esconjuros nos picos enevoados.

Ao final de um ano, a empresa tinha gasto sessenta milhões de dólares, e não tinha aparecido nem uma mísera gota de petróleo.

Os u'wa comprovaram, uma vez mais, que a terra não é surda. A terra os havia escutado e havia escondido o petróleo, seu sangue negro, para que as árvores não morressem, e os pastos não secassem, e os mananciais não manassem veneno.

Em sua língua, u'wa significa *gente que pensa*.

Senhor que fala

Não faz muito tempo, no vale do México, uma montanha explodiu.

Nuvens de fogo, rochas acesas, cinzas ardentes: o vulcão Popocatépetl vomitou as pedras que tapavam sua boca do tamanho de quatro estádios de futebol.

Foi quase impossível desalojar as aldeias e povoados vizinhos:

– *Não, não* – resistiam as pessoas. – *Ele é bom.*

Desde sempre, os moradores do lugar comem e bebem com dom Popo. Oferecem a ele tortilhas, tequila e música, e pedem chuva para os feijões e o milho e ajuda contra a geada e os ventos malvados do ar e da vida. Ele responde pela boca dos temporeiros, os mestres do tempo, que o escutam enquanto sonham e depois contam o que ele diz.

Esse é o costume. Mas dessa vez, o Popo não avisou. Nenhum temporeiro soube antes que o vulcão estava engasgado e farto de falar por boca alheia.

E o vulcão soltou sua mensagem.

Não matou ninguém.

Na noite da explosão, ocorreram três casamentos, tudo normal, numa das aldeias da encosta do vulcão; e o vermelhão do céu iluminou as cerimônias.

Senhor que cala

Na época colonial, o Morro Rico de Potosí produziu muita prata e muitas viúvas.

Durante mais de dois séculos, a Europa celebrou, nessas geladas alturas da América, uma cerimônia ocidental e cristã: dia após dia, noite após noite, dava de comer à montanha carne humana, em troca da prata que dela arrancava.

De cada dez índios que entravam pela boca dos túneis, sete não saíam. O extermínio aconteceu na Bolívia, que ainda não se chamava assim, para que na Europa fosse possível o desenvolvimento do capitalismo, que também ainda não se chamava assim.

Nos dias de hoje, o Morro Rico – *Cerro Rico* – é uma montanha oca. Toda sua prata foi-se embora para longe, sem dizer adeus.

Na língua indígena, Potosí, *Potojsi*, quer dizer: *troa, faz explosão*, porque reza a tradição que em tempos distantes o morro troava quando era machucado. Agora, vazio, esvaziado, cala.

Primeiras letras

Das toupeiras, aprendemos a cavar túneis.
Dos castores, aprendemos a fazer diques.
Dos pássaros, aprendemos a fazer casas.
Das aranhas, aprendemos a tecer.
Do tronco que rodava ladeira abaixo, aprendemos a roda.
Do tronco que flutuava à deriva, aprendemos a nau.
Do vento, aprendemos a vela.
Quem nos terá ensinado as manhas ruins? De quem aprendemos a atormentar o próximo e a humilhar o mundo?

O Juízo Final

Não consigo tirar da cabeça o pressentimento de que sofreremos, algum dia, um Juízo Final. E imagino todos nós interpelados por fiscais que nos apontarão com a pata ou com o galho, acusando-nos de ter convertido o reino deste mundo num deserto de pedra:

– *O que foi que vocês fizeram deste planeta? Em que supermercado compraram este mundo? Quem outorgou a vocês o direito de nos maltratar e nos exterminar?*

E vejo um alto tribunal de bichos e plantas ditando sentença de condenação eterna contra o gênero humano.

Pagarão os justos pelos pecadores? Passaremos todos a eternidade no inferno? Assados todos nós a fogo lento junto com os envenenadores da terra, da água e do ar?

Antes, eu achava que o Juízo Final era assunto de Deus. Sol negro, lua de sangue, ira divina: assim, na pior das hipóteses, eu iria compartilhar a churrasqueira perpétua com os assassinos seriais, as cantoras da televisão e os críticos literários.

Agora, comparando, isso me parece coisinha à toa.

Mapa do tempo

Faz uns quatro bilhões e quinhentos milhões de anos, anos mais, anos menos, uma estrela anã cuspiu um planeta, que atualmente responde ao nome de Terra.

Faz uns quatro bilhões e duzentos milhões de anos, a primeira célula bebeu o caldo do mar, e gostou, e se duplicou para ter alguém a quem oferecer.

Faz uns quatro milhões e um tanto de anos, a mulher e o homem, quase macacos ainda, ergueram-se sobre suas patas e se abraçaram, e pela primeira vez sentiram a alegria e o pânico de se verem, cara a cara, enquanto faziam aquilo.

Faz uns quatrocentos e cinquenta mil anos, a mulher e o homem esfregaram duas pedras e acenderam o primeiro fogo, que os ajudou a lutar contra o medo e contra o frio.

Faz uns trezentos mil anos, a mulher e o homem se disseram as primeiras palavras, e acharam que poderiam se entender.

E assim estamos até hoje: querendo ser dois, mortos de medo, mortos de frio, buscando palavras.

O silêncio

Uma longa mesa de amigos, na churrascaria Plataforma, era o refúgio de Tom Jobim contra o sol do meio-dia e o tumulto das ruas do Rio de Janeiro.

Naquele meio-dia, Tom sentou-se em mesa separada. Num canto, ficou tomando chope com Zé Fernando Balbi. Compartilhava com ele o chapéu de palha, que usavam em turnos, um dia um, no dia seguinte o outro, e também compartilhavam outras coisas:

– Não – disse Tom, quando alguém chegou perto. – *Estou numa conversa muito importante.*

E quando outro amigo se aproximou:

– *Você me desculpe, mas nós temos muito para falar.*

E a outro:

– *Perdão, mas nós dois estamos discutindo um assunto sério.*

Nesse canto separado, Tom e Zé Fernando não se disseram uma única palavra. Zé Fernando estava em um dia fodido, num desses dias que deveriam ser arrancados do calendário e expulsos da memória, e Tom o acompanhava, calando chopes. E assim ficaram, música do silêncio, do meio-dia até o final da tarde.

Não tinha mais ninguém por lá quando os dois foram-se embora, caminhando devagar.

A palavra

Na selva do Alto Paraná, um caminhoneiro me avisou para tomar cuidado:
— *Olho vivo com os selvagens* — me disse. — *Ainda tem alguns soltos por aí. Ainda bem que sobraram poucos. Eles já estão sendo mandados para o zoológico.*

Disse isso em castelhano. Mas não era essa a sua língua do dia a dia. O caminhoneiro falava guarani, na língua desses selvagens que ele temia e desprezava.

Coisa estranha: o Paraguai fala o idioma dos vencidos. E coisa mais estranha ainda: os vencidos acreditam, continuam acreditando, que a palavra é sagrada, porque ela revela a alma de cada coisa. Acreditam os vencidos que a alma vive nas palavras que a dizem. Se eu dou minha palavra, me dou. A língua não é um depósito de lixo.

A carta

Enrique Buenaventura estava bebendo rum numa taverna de Cali, quando um desconhecido se aproximou da mesa. O homem se apresentou, era pedreiro de ofício, perdoe o atrevimento, desculpe o incômodo:

– *Preciso que o senhor escreva uma carta para mim. Uma carta de amor.*

– *Eu?*

– *É que me disseram que o senhor sabe.*

Enrique não era um especialista, mas inchou o peito. O pedreiro explicou que não era analfabeto:

– *Eu sei escrever, isso eu sei. Mas uma carta assim, não sei.*

– *E para quem é a carta?*

– *Para... ela.*

– *E o que o senhor quer dizer?*

– *Se eu soubesse, não precisava pedir.*

Enrique coçou a cabeça.

Naquela noite, pôs mãos à obra.

No dia seguinte, o pedreiro leu a carta:

– *Isso* – disse, e seus olhos brilharam. – *Era isso mesmo. Mas eu não sabia que era isso o que eu queria dizer.*

As cartas

Juan Ramón Jiménez abriu o envelope em sua cama de hospital, nos arredores de Madri.

Leu a carta, admirou a fotografia. *Graças aos seus poemas, não estou mais sozinha. Quanto pensei no senhor!*, confessava Georgina Hübner, a desconhecida admiradora que enviava, de longe, sua primeira carta a ele. O papel rosado cheirava a rosas, e estava pintada de anilinas rosadas a foto da dama que sorria, balançando numa rede, no roseiral de Lima.

O poeta respondeu. E algum tempo depois, o barco levou para a Espanha uma nova carta de Georgina. Ela recriminava o tom cerimonioso dele. E viajou ao Peru a desculpa de Juan Ramón, *peço perdão se dei à senhora a impressão de formalidade, e creia, a culpa é de minha inimiga, a timidez.* E assim foram sucedendo-se as cartas que lentamente navegavam entre o norte e o sul, entre o poeta doente e sua leitora apaixonada.

Quando Juan Ramón teve alta, e regressou à sua casa da Andaluzia, a primeira coisa que fez foi enviar a Georgina o emocionado testemunho de sua gratidão, e ela respondeu palavras que fizeram com que a mão dele tremesse.

As cartas de Georgina eram obra coletiva. Um grupo de amigos as escrevia em uma taverna de Lima. Eles tinham inventado tudo: a foto, o nome, as cartas, a delicada caligrafia. Toda vez que chegava uma carta de Juan Ramón, os amigos se reuniam, discutiam a resposta e punham mãos à obra.

Com o passar do tempo, carta vai, carta vem, as coisas foram mudando. Planejavam uma carta e acabavam escrevendo outra, muito mais livre e voadora, talvez ditada por aquela filha de todos eles que não se parecia com nenhum e a nenhum obedecia.

Nisso, chegou a carta de Juan Ramón anunciando sua viagem. O poeta ia embarcar para Lima, para a mulher que tinha lhe devolvido a saúde e a alegria.

Reunião de emergência: O que se podia fazer? Confessar tudo? Cometer essa crueldade? Discutiram o assunto durante horas e horas, até que chegaram a uma decisão.

No dia seguinte, o cônsul do Peru na Andaluzia bateu na porta de Juan Ramón, nos olivais de Moguer. O cônsul tinha recebido um telegrama urgente de Lima: *Georgina Hübner morreu.*

O carteiro

E eu vi, no ataúde, aquela cara plácida e brincalhona, e pensei: não dá para acreditar. O Gordo Soriano estava se fazendo de morto.

Manuel, o filho, idêntico ao Gordo embora menorzinho, confirmou. Ele me disse que tinha dado uma carta ao pai, para que a entregasse a Filipi.

Filipi, seu amigo, tinha morrido pouco antes. Filipi era lagartixa. Uma lagartixa rara, que tinha costumes de camaleão e mudava de cor quando lhe dava na telha. Na carta, Manuel ensinava um jogo para Filipi, para que pudesse se distrair na morte, que é muito chata. Para jogar esse jogo, era preciso escrever sei lá que letras. "Use as unhas, Filipi", Manuel instruía.

Era claro. Osvaldo Soriano tinha passado a vida escrevendo contos e romances, cartas enviadas aos seus leitores, e agora estava trabalhando de carteiro. Ia estar de volta num instante.

O leitor

Num de seus contos, Soriano imaginou um jogo de futebol em alguma aldeia perdida na Patagônia. Ninguém jamais tinha feito um gol contra o time local em seu campo. Tamanha ofensa era proibida, sob pena de forca ou de tremenda sova. No conto, o time visitante evitou a tentação o jogo inteiro; mas no finzinho o centroavante ficou sozinho na frente do goleiro e não teve outro remédio além de passar a bola pelo meio de suas pernas.

Dez anos depois, quando Soriano chegou ao aeroporto de Neuquén, um desconhecido amassou-o num abraço e levantou-o com mala e tudo:

– *Gol, não! Golaço!* – gritou. – *Estou vendo você! Você festejou que nem Pelé!*

Depois, cobriu a cabeça:

– *E que chuva de pedras! A sova que a gente levou!*

Soriano, boquiaberto, escutava de mala na mão.

– *Desabaram em cima de você! Eram uma cidade inteira!* – gritou o entusiasta. E apontando para ele com o polegar, informou aos curiosos que estavam se aproximando:

– *Eu salvei a vida desse aí!*

E contou a todos, com todos os detalhes, a tremenda briga que se armou no fim do jogo: aquela partida que o autor tinha disputado na solidão, numa noite longínqua, sentado na frente de uma máquina de escrever, um cinzeiro cheio de guimbas e um par de gatos dorminhocos.

O livro

Reina Reyes queria que Felisberto Hernández pudesse dedicar-se a escrever seus contos prodigiosos e a tocar piano. A literatura dava a ele poucos leitores e dinheiro nenhum, e a música não era, enfim, um grande negócio: Felisberto viajava pelo interior do Uruguai e pelas regiões ribeirinhas da Argentina oferecendo concertos, e acabava sempre fugindo do hotel pela janela.

Reina era professora, trabalhava muito para ganhar a vida. Enquanto viveu com ela, Felisberto não escutou jamais falar de dinheiro.

No primeiro dia de cada mês, Reina dava um livro de presente para ele, de algum dos escritores ou poetas de quem ele gostava. Dentro do livro, estava a liberdade que o salvava do inferno dos escritórios ou de qualquer outro tormento trabalhista desses que roubam as horas e gastam a vida. A cada poucas páginas, bem esticadinha, havia uma nota de dinheiro.

A tinta

Os cronistas da conquista da América se desfizeram em elogios a essa fruta rara, jamais vista nem saboreada, que os índios mexicanos chamavam de *ahuacátl*, e os peruanos, de *palta*.

Escreveram os cronistas que sua forma semelhava a das peras, mas que mais se pareciam era aos peitos de moça donzela. Que crescia nos montes sem trabalho algum, com Deus de hortelão. Que sua delicada manteiga, nem doce nem amarga, regalava suavidade à boca, saúde aos enfermos, e força ao frouxos. E que não havia nada melhor para dar ardor ao amor.

Ela, a fruta, achou que essas homenagens eram muito merecidas, e para que o tempo não as apagasse ofereceu aos cronistas a tinta indelével de seus caroços. Com tinta de abacate, tinta de palta, foram escritas as louvações.

Sopa de letras

Pelo tamanho e pelo brilho, parece uma lágrima. Os cientistas o chamam de *lepisma saccharina*, mas ele responde pelo nome de *peixinho de prata*, embora de peixe não tenha nada e não conheça a água.

Dedica-se a devorar livros, embora também não tenha nada de traça. Come o que encontra, romances, poemas, enciclopédias, pouco a pouco, engolindo palavra por palavra, de qualquer idioma.

Passa a vida na escuridão das bibliotecas. Do resto, não tem nem ideia. A luz do dia o mata.

Seria erudito, se não fosse inseto.

A narradora

Chiti Hernández-Martí sentou-se num banco, debaixo do arvoredo do Parque do Retiro, e respirou fundo o ar verde. Fechou os olhos.

Quando os abriu, ao seu lado estava um anão.

O anão se apresentou: era toureiro. Ela imaginou o tamanho do touro, e sua cara franziu.

– *Você parece muito triste* – disse o anão. E pediu, exigiu:
– *Conte o que foi.*

Ela negou com a cabeça, mas o anão insistiu:
– *Não seja desconfiada, Branca de Neve.*

E Chiti murmurou o primeiro nome de homem que passou pela sua cabeça, enquanto pensava em como deveria ser dura a vida de um anão toureiro. E então, inventou:
– *Esse malandro bandido sem vergonha se aproveitou de mim.*

Conforme seu conto ia se transformando em novela, este perdulário me insulta, me maltrata, me chama de puta e de coisa ruim, Chiti sentia cada vez menos pena do anão e mais pena dela mesma, pena e lástima por ela que naquela altura já estava grávida daquele embusteiro casado e com filhos, como é que eu pude fazer isso ao meu noivo, que é tão bom? coitadinho do meu anjinho que não merecia isso e agora minha mãe ficou sabendo de tudo e me botou para fora de casa e perdi o emprego e não sei o que vai ser da minha vida, não conheço essa cidade, não tenho ninguém, as portas se fecham para mim...

O anão calava, acabrunhado, e olhava os próprios pés, que balançavam no ar. Chiti tremia de frio, embora fosse pleno verão, enquanto um pequeno arroio de lágrimas autênticas se soltava de seus olhos e atravessava o parque, na direção do lago onde navegam os barcos a remo.

O narrador

Eram os tempos do exílio. Muito longe da sua terra, Héctor Tizón andava com as raízes doendo, como nervos sem pele.

Alguém havia recomendado a ele uma terapia, mas o psicanalista e ele passavam mudos pela eternidade de cada sessão. O paciente, tombado no divã, não abria a boca, por ser enroscado de natureza e por achar que sua biografia carecia de importância. E também o terapeuta permanecia calado, e sessão após sessão continuavam em branco, sempre em branco, as páginas do caderno que repousava em seus joelhos. Ao final dos cinquenta minutos, o psicanalista suspirava:

– *Bem, já está na hora.*

Héctor ficava com pena do bom homem, e ele mesmo se dava pena.

Decidiu que as coisas não podiam continuar daquele jeito.

A partir de então, no meio da manhã, enquanto o trem o levava de Cercedilla a Madri, Héctor ia inventando boas histórias para contar. E assim que se estendia no divã, montava no arco-íris e disparava suas histórias de montanhas enfeitiçadas, almas que assoviavam pela noite, luzes malvadas que faziam casa na neblina e sereias que afinavam violas na margem do rio Yala.

O naufrágio

Albert Londres tinha viajado muito e tinha escrito muito. Tinha escrito sobre os caldeirões de fúria dos Bálcãs e da Argélia, as trincheiras da Primeira Guerra Mundial, as barricadas da Rússia e da China, o tráfico de negros em Dacar e de brancas em Buenos Aires, as penúrias dos pescadores de pérolas em Adén e o inferno dos presos em Caiena.

Numa noite serena, quando caminhava pelas ruas de Xangai, alguma coisa como um raio golpeou-o com a violenta luz da revelação.

Algum deus, suponho, fez-lhe esse favor, por gentileza ou crueldade.

Desde então, nunca mais conseguiu comer nem dormir.

Todas as horas de sua vigília e de seu sono foram consagradas a criar um livro que iria ser o primeiro, embora já tivesse mais de vinte publicados. Começou a trabalhar trancado em seu quarto de um hotel do porto e continuou sua tarefa, febre sem pausa, metido em seu camarote de um navio chamado Georges Philippar.

Ao chegar às águas do mar Vermelho, o navio pegou fogo. Albert não teve outro remédio a não ser sair à coberta e aos empurrões foi jogado num barco salva-vidas. O barco já estava se afastando do naufrágio, quando Albert bateu na própria testa, gritou *meu livro!* e se atirou n'água. Nadando, chegou. Subiu do jeito que pôde no navio em chamas e se meteu no fogo, onde seu livro ardia.

E nunca mais se soube nem de um, nem de outro.

Elogio à imprensa

Alberto Villagra era um glutão dos jornais. Na hora do café da manhã, as notícias, recém-saídas do forno, crepitavam em suas mãos.

Certa manhã, jurou:

– *Algum dia vou ler o jornal em cima de um elefante.*

Rosita, sua mulher, ajudou-o a cumprir o juramento. Juntaram dinheiro, até conseguirem viajar para a Índia, e Alberto fez a própria vontade. Não conseguiu tomar o café da manhã no lombo de um elefante, mas pôde folhear um jornal de Bombaim sem despencar lá do alto.

Helena, a filha, também é jornalômana. O primeiro café não tem aroma, sabor ou sentido, se não vier acompanhado pelo jornal. E se o jornal não estiver, de imediato aparecem os primeiros sintomas, tremores, tonturas, enjoos, gaguejares, da síndrome de abstinência.

O testamento de Helena pede que não se leve flores ao túmulo:

– *Tragam o jornal* – pede.

Instruções para se ler o jornal

O general mexicano Francisco Serrano fumava e lia, afundado numa poltrona do cassino militar de Sonora.

O general lia o jornal. O jornal estava de cabeça para baixo.

O presidente, Álvaro Obregón, quis saber:
– *O senhor sempre lê o jornal de ponta-cabeça?*

O general concordou.
– *E se pode saber por quê?*
– *Por experiência, presidente, por experiência.*

Instruções para triunfar na profissão

Há mil anos, disse o sultão da Pérsia:
– *Que maravilha.*
Ele nunca havia provado uma beringela, e agora comia uma cortada em rodelas temperadas com gengibre e ervas do Nilo.

Então o poeta da Corte exaltou a beringela, que dá prazer à boca e no leito faz milagres, porque para as proezas do amor é mais poderosa que o pó de dente de tigre ou o chifre ralado de rinoceronte.

Algumas rodelas depois, o sultão disse:
– *Que porcaria.*
E então o poeta da Corte amaldiçoou a beringela enganosa, que castiga a digestão, enche a cabeça de pensamentos maus e empurra os homens virtuosos ao abismo do delírio e da loucura.

– *Você acaba de levar a beringela ao paraíso, e agora a está jogando no inferno* – comentou um insidioso.

E o poeta, que era um profeta dos meios de comunicação de massa, pôs as coisas em seu devido lugar:

– *Eu sou um cortesão do sultão. Não sou cortesão da beringela.*

Na contramão

As ideias do semanário *Marcha* revelavam certa inclinação para a esquerda, mas ainda mais vermelhos eram os números. Hugo Alfaro, que além de ser jornalista fazia as vezes de administrador e cumpria com a insalubre tarefa de pagar as contas, saltava de alegria em pouquíssimas ocasiões:

– *Conseguimos financiar a edição!*

Havia chegado publicidade. Na história universal do jornalismo independente, sempre celebrou-se um milagre desses como prova da existência de Deus.

Mas o diretor, Carlos Quijano, ficava com a cara verde. Horror: para ele, não havia pior notícia do que aquela boa notícia. Se entrava publicidade, alguma página iria ser sacrificada, ou várias, e cada pedacinho de página era um sagrado espaço imprescindível para questionar certezas, arrancar máscaras, alvoroçar vespeiros e ajudar o amanhã a não ser um outro nome do hoje.

Após trinta e quatro anos, a ditadura militar desabou no Uruguai e acabou com *Marcha* e outras loucuras.

O chapeleiro

O telefone tocou, escutei a voz alquebrada: um erro desses, não dá para acreditar, escuta aqui, não estou falando só por falar, um engano até pode ser, tudo bem, a gente supera, acontece com qualquer um, mas um erro desses...

Fiquei mudo. Esperei pelo pior. Eu acabava de publicar um livro sobre futebol num país, o meu país, onde todos são doutores no assunto. Fechei os olhos e esperei a sentença:

– *O Mundial de 30* – acusou a voz, gasta mas implacável.

– *Sim* – murmurei.

– *Foi em julho.*

– *Foi.*

– *E que tempo faz em julho, em Montevidéu?*

– *Frio.*

– *Muito frio* – corrigiu a voz, e atacou: – *E o senhor vem e me escreve que no estádio havia um mar de chapéus de palha! De palha?* – indignou-se. – *De feltro! Eram de feltro!*

A voz baixou de tom, recordou:

– *Eu estava lá, naquela tarde. Ganhamos por 4 a 2, é como se estivesse vendo agora. Mas não é por isso que telefonei. É porque eu sou chapeleiro, sempre fui, e muitos daqueles chapéus... fui eu que fiz.*

O chapéu

Quando punha seu chapéu, o poeta Manuel Zequeira se olhava no espelho e não via outra coisa além daquele chapéu.

Ele sabia que o chapéu o tornava invisível. Os outros moradores de Havana não concordavam nem um pouco com aquela certeza, mas o poeta não tinha boa opinião sobre as opiniões alheias.

Com o chapéu posto, Manuel se metia nas casas e nas tavernas, e beijava bocas proibidas e comia pratos alheios sem dar a menor importância para as fúrias que desatava. Nos dias de julho, quando a cidade fervia de calor, ele saía para caminhar pelas ruas sem outra roupa além do chapéu, e não prestava a menor atenção nas pessoas que o apedrejavam. Enquanto não tocassem o chapéu, ele não sentia nada.

Aquele chapéu, que perambulava no ar, era a única parte dele que não morreria quando ele morresse.

A escolhida

Não tinha nascido nela, mas à procura dela havia atravessado o mar, e em suas ruas vivia.

As pessoas o chamavam de cavalheiro de Paris, embora fosse um galego de Lugo.

Nunca aceitou esmolas. Para se alimentar, o sol que ela lhe dava bastava e sobrava.

Por ela, por promessa de amor, jamais tinha cortado os cabelos e a barba, que chegava aos seus pés. E por dever de obediência, a cada dois por três se mudava: levando às costas todos os seus bens, que cabiam num par de velhas bolsas de lona, o cavalheiro marchava de algum banco do Parque do Cristo até as escadarias da Igreja do Sagrado Coração, ou instalava seu castelo em algum canto do cais de Cavalaria.

Nesse cais, que ele sentia tão seu, perdoou publicamente os guerrilheiros da Serra Maestra, que tinham copiado sua barba, e culminou aquela tarde histórica recitando uns versos consagrados à sua rainha e senhora.

Ao serviço dela, e de seus muitos encantos, o cavalheiro se tinha feito rei dos reis e senhor dos senhores. Em defesa dela, ele lançava suas declarações de guerra contra os inimigos que a cobiçavam. Diante dos leões do Passeio do Prado, rodeado pela sua guarda de arqueiros e por meia dúzia de curiosos, jurava resistir até a morte e convocava sua frota de navios canhoneiros e seus exércitos da alvorada, do meio-dia, do crepúsculo e da meia-noite.

Agora jaz debaixo do chão do convento de São Francisco, ao lado dos bispos, arcebispos, comendadores e conquistadores.

Lá, no lugar que merecia, foi enterrado por Eusébio Leal, que sempre foi, também, louco por ela.

Nela dorme, agora, o cavalheiro: nessa dama desmantelada e altiva, chamada Havana, que vela seu sono.

Moscas

José Miguel Corchado tem o corpo cheio de perguntas. Há anos ele perdeu a conta da quantidade de perguntas que o acossam sem trégua; mas recorda a tarde em que a primeira pergunta entrou nele.

Foi na cidade de Sevilha, numa tarde de sol e aroma de flor de laranjeira, de acordo com o que manda o costume: uma tarde como outra qualquer, ao cabo de uma jornada de trabalho como qualquer outra. Ele ia caminhando para casa, no meio da gentarada, sozinho de uma solidão como qualquer outra solidão, quando a primeira pergunta chegou, voando como uma mosca. Ele quis espantá-la, mas a pergunta ficou dando voltas ao seu redor, até que meteu-se dentro dele e não saiu mais. E não o deixou dormir a noite inteira.

No dia seguinte, José Miguel sentou-se numa cadeira e anunciou:

– *Daqui eu não me levanto enquanto não souber quem sou.*

Exorcismo

Ocorreu em 1950. Contra todas as previsões, contra todas as evidências, o Brasil foi derrotado pelo Uruguai e perdeu seu campeonato mundial de futebol.

Depois do apito final, enquanto o sol caía, o público permaneceu sentado nas arquibancadas do recém-inaugurado estádio do Maracanã. Uma cidade talhada em pedra, imenso monumento à derrota: a maior multidão jamais reunida na história do futebol não conseguia falar, nem conseguia se mexer. Lá ficaram os aflitos, até alta noite.

E lá estava Isaías Ambrósio. Tinha ganho uma entrada, por ter sido um dos pedreiros que construíram o estádio.

Meio século depois, Isaías continuava lá.

Sentado no mesmo lugar, diante das arquibancadas vazias do gigante de cimento, repetia sua cerimônia inútil. A cada entardecer, na hora fatal, Isaías transmitia a jogada que havia selado a derrota, a boca grudada num microfone invisível, para a audiência de uma rádio imaginária. Transmitia passo a passo, sem esquecer nenhum detalhe, e com voz de locutor profissional gritava o gol, chorava o gol, e tornava a chorá-lo, como na tarde anterior e na tarde seguinte e em todas as tardes.

A máquina

Mistura de rádio, telefone e ferro de passar, provida de manivela e microfone, a máquina de Rúsvelt Nicodemo era de alto nível tecnológico.

Rúsvelt lembrava que a máquina o havia ressuscitado quando ele morreu porque o sangue coalhou que nem chouriço. A partir de então, só acreditava nela.

Toda vez que conseguia permissão para sair, Rúsvelt ia para a Rua Conde e lá ficava horas olhando as moças da alta sociedade de São Domingos passarem.

Sempre havia alguma que brilhava entre todas as demais, e atrás de suas luzes ia ele, em respeitosa distância.

Naquela noite, a máquina, que jamais mentia, informava a ele:

– *Ela te adora.*

E na saída seguinte, Rúsvelt ia ao encontro da dama:

– *Até quando você vai continuar fingindo desdém? A sua boca silencia, mas eu escuto a voz do seu coração.*

A máquina confirmava:

– *Ela morre por ti.*

Mas ela, assim que via Rúsvelt, saía correndo. A paciência de Rúsvelt se esgotava, e ele a perseguia gritando *covarde, enganadora, mentirosa*. Não por despeito: por indignação. Ele não tolerava os simulacros.

Suas licenças de saída terminavam sempre do mesmo jeito. Uma sova tremenda, e de volta ao manicômio de Nigua.

A máquina o consolava:

– *Se as mulheres fossem necessárias, Deus teria uma.*

O mau-olhado

O trator quebrou: essas coisas acabam acontecendo.

A colheita fracassou: o tempo não ajudou.

Mas quando a desgraça atacou a vaca, e o bezerro nasceu morto, Antonio entendeu: era mau-olhado dos vizinhos.

Mau de olho simples não haveria de ser. Demasiada eficiência. Antonio chegou à conclusão de que seus inimigos emitiam o malefício utilizando um aparelho eletrônico, que parecia televisor mas não era. Procurou o olho tecnológico em todo o povoado de Ambia, estudando as antenas casa por casa. Não o encontrou.

Não teve outro remédio a não ser se mudar para o monte, onde não havia eletricidade.

Rodeou a fortaleza com folhas de arruda, dentes de alho, garrafas cheias de pão e um grande colar de sal; e a atapetou, por dentro, com cruzes de todos os tamanhos e fotos dos mais famosos jogadores de futebol da Galícia.

E na porta cravou um punhal de cortar invejas.

Olhando Miró

Almir D'Ávila entrou criança, foi declarado demente e nunca mais saiu.

Nunca ninguém escreveu uma carta para ele, nunca ninguém o visitou.

Embora pudesse ir embora, não tem para onde; embora quisesse falar, não tem com quem.

Há mais de quarenta anos, passa seus dias no manicômio de São Paulo, caminhando em círculos, com um rádio grudado na orelha, e em seu caminho tropeça sempre com os mesmos homens que caminham em círculos com um rádio grudado na orelha.

Um dos médicos organizou a visita a uma exposição de pinturas de Joan Miró.

Almir vestiu seu único terno, velhinho mas bem passado debaixo do colchão, enfiou até os olhos seu boné de almirante e marchou com os outros rumo ao museu.

E viu. Viu as cores que explodiam, o tomate que tinha bigode e o garfo que bailava, o pássaro que era mulher nua, os céus com olhos e as caras com estrelas.

Andou, de quadro em quadro, com o cenho franzido. Era evidente que Miró o havia enganado, mas o médico quis saber a sua opinião:

– *Demasiada* – disse Almir.
– *Demasiada o quê?*
– *Demasiada loucura.*

Desolhar

Fazia mais de um ano que Titina Benavídez não conseguia erguer as pálpebras.

No hospital acharam que podia ser um caso de miastenia, uma doença rara; mas os exames descartaram a suspeita. Também o oculista não encontrou nada.

Titina continuava dia e noite com as pálpebras caídas, trancada na chácara da família, nos arredores da cidade de Las Piedras.

Talvez os olhos tivessem perdido a vontade de continuar olhando. Não se sabe. O que sim se sabe é que o coração dessa jovem saudável perdeu a vontade de continuar batendo.

Foi no dia 31 de dezembro de 2000. Titina morreu enquanto morriam o ano, o século e o milênio, talvez cansados, como ela, de ver o que viam.

Ver

Nos campos de Salto, aquele capataz, já entrado em anos, tinha fama de ver o que ninguém via.

Carlos Santalla perguntou a ele, com todo respeito, se era verdade o que se dizia: que ele via o invisível porque tinha mente grande. Tão grande era sua mente, dizia-se, que não cabia em seu crânio e lhe dava dor de cabeça.

O velho gaúcho riu às gargalhadas:

– *Eu, o que posso dizer é que sou muito curioso e que tenho sorte. Quanto mais diminui a minha vista, mais vejo.*

Carlos tinha nove anos quando escutou isso. Quando já andava cumprindo um século de idade, ainda se lembrava. Os anos também tinham diminuído sua vista, para que ele visse mais.

Pontos de vista

Em algum lugar do tempo, mais além do tempo, o mundo era cor de cinza. Graças aos índios ishir, que roubaram as cores dos deuses, agora o mundo resplandece; e as cores do mundo ardem nos olhos que as olham.

Ticio Escobar acompanhou uma equipe de televisão, que viajou até o Chaco, vinda de muito longe, para filmar cenas da vida cotidiana dos ishir.

Uma menina indígena perseguia o diretor da equipe, silenciosa sombra colada ao seu corpo, e olhava fixo a sua cara, muito de perto, como querendo meter-se em seus estranhos olhos azuis.

O diretor recorreu aos bons ofícios de Ticio, que conhecia a menina e entendia a sua língua. Ela confessou:

– *Eu quero saber de que cor o senhor vê as coisas.*

– *Da mesma que você* – sorriu o diretor.

– *E como é que o senhor sabe de que cor eu vejo as coisas?*

Cores

Os deuses e os diabos se misturam com a multidão, e vão e vêm metidos no colorido sobe e desce das ruas. Aqui ninguém tem trabalho, mas todos estão muito ocupados.

A luz grita, o ar baila. Cada pessoa é uma cor que caminha. Dos corpos, negros, descem sombras verdes e azuis, e tantos tons têm os fulgores do ar que o arco-íris prefere não sair, para evitar o vexame.

De cara ao mar, derramada sobre as ladeias das montanhas esfoladas, Port-au-Prince se oferece aos olhos como uma estridência de cores, onde a vida se atordoa e esquece o pouco que dura e o muito que dói.

Será que a cidade copia os pintores que pintam a cidade? Ou é ela quem converte, sem ajuda, seu lixo em beleza?

Dicionário das cores

De acordo com os índios que sobrevivem nas margens do rio Paraguai, a plumagem dá cores e poderes.

As plumas verdes do louro não só dão senhorio ao corpo que as exibe: além disso, transmitem vida para as plantas moribundas.

Se não fosse pelas plumas rosadas de uma ave chamada espátula, o cacto não daria seu fruto, o figo-da-índia.

As plumas negras do pato são boas contra o mau humor.

As plumas brancas das cegonhas espantam as pragas.

A arara oferece plumas vermelhas para chamar a chuva, e plumas amarelas para atrair as boas notícias.

E as plumas cinzentas da avestruz, que parecem tão tristes, dão brio ao canto humano.

O sete-cores

Dante D'Ottone andava pelo parque Rodó, deixando-se vagar entre as árvores, quando viu uma mulher agachada diante de um enorme telescópio, que apontava para o lago.

– *A senhora vai me desculpar, mas...*

A mulher tirou o olho da lente, e convidou:

– *Veja, veja.*

E Dante descobriu um sete-cores, um desses passarinhos que jamais são vistos em Montevidéu, esvoaçando sobre o lago.

Ela contou que tinha querido comprar uns binóculos, de tanto que gostava de espiar os pássaros livres, mas que o dinheiro não dava. Num domingo, na feira de Tristán Narvaja, havia encontrado aquele aparelho, enroscado em outros trastes velhos, e por um punhado de pesos tinha ficado com ele.

O sete-cores revoava a esmo, e o telescópio perseguia aquela alegria do ar.

O rei

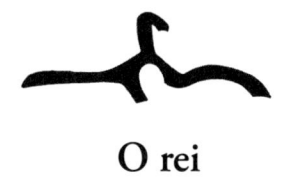

Num parque de Gijón, das copas das árvores, alguém grita.

Quando já não se ouve nada além dos sussurros da brisa na folhagem, esse grito que soa como um alarido humano rompe o silêncio.

É o grito da noite do pavão.

Durante o dia, ele passeia seus resplendores. Arrastando sua longa cola de plumas, sempre vestido de festa, o pavão pavoneia. Quando gira sobre si mesmo e abre a cauda, frondosa coroa verde-azulada, a luz de sua beleza encanta os caminhantes e humilha as outras aves do parque.

Os patos, marrecos, cisnes, gansos, pombos e pardais voam juntos ou juntos caminham ou navegam no lago; juntos conversam, comem, dormem. Mas o pavão vive sem ninguém, longe dos outros pavões, e não se junta a ninguém.

Quem nasceu para ser olhado não olha para ninguém.

Quando a noite chega, e as pessoas vão embora, ele voa até o galho alto de alguma árvore vazia, e dorme. Sozinho.

Então, grita.

História da arte

– Olha, papai! Bois!

Marcelino Sautuola inclinou a cabeça para trás. E à luz da lanterna, viu. Não eram bois. No teto da caverna, mãos mestras haviam pintado bisões, cervos, cavalos e javalis.

Pouco depois, Sautuola publicou um folheto sobre essas pinturas que havia encontrado, pela mão de sua filha, na gruta de Altamira. Eram, segundo ele, pré-históricas.

Acudiram espeleólogos, arqueólogos, paleontólogos, antropólogos dos quatro cantos do mundo: ninguém acreditou nele. Falou-se que o autor das pinturas era um artista francês, amigo de Sautuola, ou algum outro engraçadinho da vanguarda estética europeia.

Depois, ficou-se sabendo. Aqueles remotos caçadores do paleolítico não apenas tinham perseguido os animais. Por esconjuro contra a fome e contra o medo, ou pelo mais puro e simples porque sim, também tinham perseguido a beleza que fugia.

Memória da pedra

Nas profundidades de uma gruta do rio Pinturas, um caçador estampou na pedra sua mão vermelha de sangue. Ele deixou sua mão ali, em alguma trégua entre a urgência de matar e o pânico de morrer. E algum tempo depois, outro caçador imprimiu, junto a essa mão, sua própria mão negra de fuligem. E depois outros caçadores foram deixando na pedra as marcas de suas mãos empapadas em cores que vinham do sangue, do carvão, da terra ou das plantas.

Treze mil anos depois, pertinho do rio Pinturas, na cidade de Perito Moreno, alguém escreve na parede: *Eu estive aqui.*

O pintor

Güiscardo Améndola, vizinho do bairro, ia pintar um mural num bar da costa. E me convidou para acompanhá-lo.

Não levou caixa de tintas, nem pincéis, nem escada, nem nada. Não era desse jeito que eu imaginava Michelangelo a caminho da Capela Sistina, mas meus poucos anos não me davam o direito de fazer perguntas.

Uma grande parede negra nos esperava.

Améndola subiu numa cadeira e tirou do bolso uma moeda de borda dentada. Moeda na mão, atacou. E o fio feriu a parede com longas linhas brancas, que se cruzavam a esmo. Eu olhava seu afazer sem entender aquela esgrima. Depois de umas quantas estocadas, vi aparecer um farol no negrume, um poderoso farol que se erguia entre as rochas e dava luz às ondas.

Aquele farol, nascido de uma moeda, ia salvar do naufrágio os marinheiros dos barcos e os bêbados do balcão.

O fotógrafo

Era jogador de futebol. Jogando pela seleção nacional de Cuba, uma bolada o derrubou.

Parecia morto. Tempos depois, despertou no hospital. Estava vivo. Estava cego.

Agora, Hiladio Sánchez é fotógrafo. Câmara em punho, exerce suas artes de mão-santa da imagem. Escolhe o tema que lhe parece melhor, mede a distância caminhando e ajusta o diafragma de acordo com a intensidade do calor. E quando tudo está pronto, dispara.

Hiladio fotografa a luz do sol, que guia os passos das horas e das pessoas.

Não fotografa a luz da lua. A cada noite, aqueles dedos gelados tocam a sua cara. E o cego se faz de surdo.

Os escultores

O morro Piltriquitrón vive com a cabeça nas nuvens. Até pouco tempo, a cabeça era bosque queimado. Agora, é bosque esculpido.

Um dos incêndios que se fizeram habituais na Patagônia havia atacado o morro. E então os artistas escultores, vindos daqui e dali, subiram até o pico e se puseram a trabalhar nos troncos que o fogo havia tombado ou mutilado.

As árvores estavam mortas ou se faziam de mortas? Durante uma semana, dia após dia, os escultores fizeram sua tarefa. E por graça e magia de suas mãos, aquele cemitério se transformou em teatro.

A sessão começa quando você chega. Um tronco gigantesco é agora um arlequim, pernas esparramadas, com um chapéu só e duas cabeças. O arlequim dá as boas-vindas. E os visitantes entram e passeiam, de árvore em árvore, ao longo dos corpos de madeira que se erguem das ruínas e entre as ruínas brincam.

Pipas

Acaba a estação das chuvas, o tempo refresca, e nos milharais o milho já se oferece às bocas. E os moradores de Santiago Sacatepéquez, artistas das pipas, dão os toques finais em suas obras.

São todas diferentes, nascidas de muitas mãos, as maiores e mais belas pipas do mundo.

Quando amanhece no Dia dos Mortos, esses imensos pássaros de plumas de papel se põem a voar e ondulam no céu, até que rompem as linhas que os atam e se perdem lá no alto.

Aqui embaixo, ao pé de cada tumba, as pessoas contam aos seus mortos os fuxicos e as novidades do povo. Os mortos não respondem. Eles estão gozando aquela festa de cores que acontece lá onde as pipas têm a sorte de ser vento.

O preço da arte

A Europa havia tido a gentileza de civilizar a África negra. Tinha rasgado seu mapa e engolido seus pedaços; havia roubado seu ouro, seu marfim e seus diamantes; havia arrancado seus filhos mais fortes e os havia vendido nos mercados de escravos.

Para completar a educação dos negros, a Europa obsequiou-os com numerosas expedições militares de aviso e castigo.

No final do século dezenove, os soldados britânicos levaram a cabo, no reino de Benin, uma dessas experiências pedagógicas. Depois da carnificina, e antes do incêndio, levaram o butim. Era a maior coleção de arte africana jamais reunida: uma enorme quantidade de máscaras, esculturas e talhas arrancadas dos santuários que lhes davam vida e amparo.

Aquelas obras vinham de mil anos de história. Sua perturbadora beleza despertou, em Londres, alguma curiosidade e nenhuma admiração. Os frutos do zoológico africano só interessavam aos colecionadores excêntricos e aos museus dedicados aos costumes primitivos. Mas quando a rainha Vitória mandou o butim a leilão, o dinheiro foi suficiente para pagar todos os gastos de sua expedição militar.

A arte de Benin financiou, assim, a devastação do reino onde aquela arte havia nascido e sido.

Primeira música

Soava como os mosquitos no verão, embora não fosse verão.

Naquela noite de 1964, Arno Penzias e Robert Wilson não conseguiam trabalhar em paz. Da crista dos montes Apalaches, os dois astrônomos estavam tentando captar as ondas emitidas sabe-se lá de que distantíssima galáxia, mas a antena lhes devolvia um zumbido que atormentava seus ouvidos.

Depois, ficaram sabendo. O zumbido era o eco da explosão que tinha dado origem ao universo. Aquela vibração da antena não vinha dos mosquitos, e sim da explosão que tinha fundado o tempo e o espaço e os astros e todo o resto. E talvez, quem sabe, o eco ainda estivesse ali, ressoando no ar, porque queria ser escutado por nós, pessoinhas terrestres, que também somos ecos daquele remoto pranto do universo recém-nascido.

O preço do progresso

Apolo, sol dos gregos, era o deus da música.

Ele havia inventado a lira, que humilhava as flautas, e pulsando a lira transmitia aos mortais os segredos da vida e da morte.

Um dia, o mais músico de seus filhos descobriu que as cordas da tripa de boi soavam melhor que as cordas de linho.

A sós com sua lira, Apolo testou a invenção. Fez vibrar de novo o cordame, e confirmou que era superior.

Então, o deus regalou a própria boca com ambrosia e néctar, ergueu seu arco de guerra, apontou para o filho e de longe partiu-lhe o peito com uma flechada.

Flautas

Bailar a vida, comer a vida: a cidade de Sibaris, ao sul do que agora chamamos de Itália, estava consagrada à música e à boa mesa.

Mas os sibaritas quiseram ser guerreiros, tiveram sonhos de conquista; e Sibaris foi aniquilada. Crotona, a cidade inimiga, apagou-a do mapa há vinte e cinco séculos.

Às margens do golfo de Tarento, ocorreu a batalha final.

Os sibaritas, educados na música, foram vencidos pela música.

Quando a cavalaria de Sibaris lançou-se à carga, os soldados de Crotona desembainharam suas flautas. Os cavalos reconheceram a melodia, cortaram o galope em seco, alçaram-se em duas patas e se puseram a dançar. Não era o momento mais oportuno, dadas as circunstâncias, mas os cavalos continuaram dançando, conforme era seu gosto e costume, enquanto seus ginetes fugiam e as flautas não paravam de soar.

A dança

Helena dançava dentro de uma caixa de música, onde as damas de saia-balão e os cavalheiros de peruca giravam e faziam reverências e continuavam girando. Aqueles piões de porcelana eram um pouco ridículos mas simpáticos, e dava prazer deslizar com eles na espiral da música, até que numa meia-volta Helena tropeçou, caiu e se quebrou.

O golpe a despertou. Seu pé esquerdo doía muito. Quis se levantar, não conseguia caminhar. Estava com o tornozelo muito inflamado.

– *Caí em outro país* – me confessou – *e em outro tempo.*

Mas isso ela não contou para o médico.

Tambores

Como os sonhos, o tambor soa na noite.

Nas Américas, as rebeliões dos escravos eram incubadas de dia, a golpes de açoite, e explodiam de noite, a golpes de tambor.

Quando os franceses queimaram vivo o rebelde Makandal, que alvoroçava os negros do Haiti, foram os tambores que anunciaram que ele tinha fugido da fogueira, transformado em mosquito.

Os amos não entendiam a linguagem das batidas, mas sabiam muito bem que aqueles sons feiticeiros eram capazes de contar as notícias proibidas e que chamavam os deuses secretos ou o Diabo em pessoa, que ao ritmo do tambor bailava com guizos nos tornozelos.

Os amos não sabiam, jamais souberam, que nas noites de lua cheia o tambor batia em si mesmo, sem mão alguma. E então, quando o tambor tocava o tambor, os mortos se levantavam para escutar o prodígio.

O piano

Quando a cidade de Tarija estava habitada por catorze mil novecentos e cinquenta mandados e cinquenta mandões, a única mandona que não tinha piano era dona Beatriz Arce de Baldiviezo.

Um tio preocupado mandou de Paris, para ela, um Steinway de cauda longa, para que ela recuperasse suas cores e sua respiração e parasse de viver rubra de inveja e afogada em suspiros.

Metido num caixote imenso, o piano viajou de barco, de trem e depois de ombros. Foi carregado a pulso Bolívia adentro: quarenta peões abriram passo através das serranias, inventando pontes, escadarias e caminhos, com aquele trambolho em cima. Cinco meses durou o atroz sobe e desce pelos barrancos e penhascos, até que finalmente o presente chegou, sem um risco, na casa de dona Beatriz.

Não era um piano qualquer. Aquele Steinway, batizado pelas mãos de Franz Liszt, exibia prêmios que tinha ganho de vários reinos da Europa.

Passaram-se os anos e as gentes. Com o tempo, Tarija cresceu e mudou.

E um belo dia, dona Maria Nidi Baldiviezo, que tinha recebido o piano de herança, saiu do consultório médico levando o diagnóstico de um câncer.

Da fortuna familiar só restavam o piano e a saudade, e dona Maria pôs o piano à venda, para pagar a viagem e o tratamento em Houston.

Recebeu uma primeira oferta do Japão. Recusou. A segunda proposta veio dos Estados Unidos, e ela não aceitou. O terceiro comprador telefonou da Alemanha, e ela não deu confiança. E a mesma coisa aconteceu com os interessados que acudiam de Buenos Aires, La Paz e Santa Cruz. A vendedora dizia não aos preços baixos e aos preços altos e aos do meio também.

De seu leito de enferma, dona Maria reuniu os musiqueiros, os teatreiros, os imagineiros e demais eiros de Tarija, e propôs:

– *Vocês me dão o que tiverem, e ficam com o Steinway.*

Dona Maria morreu sem viagem e sem tratamento.

O piano não queria ir embora de Tarija. Lá havia encontrado querência, e lá continua prestando seus inestimáveis serviços nas veladas culturais, nas efemérides pátrias e em todos os atos cívicos da localidade.

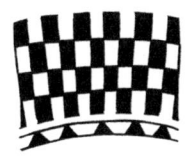

O harmônio

Hermógenes Cayo chegou a Buenos Aires, caminhando milhares e milhares de léguas, lá das longínquas alturas de Jujuy. Viajou em 1946, junto com outros indígenas que lutavam pelo seu direito à terra; e então, como quem não quer nada, deu uma voltinha por Luján, onde tinham dito a ele que havia uma catedral dessas de cair de costas.

Quando regressou à sua terra, ergueu uma catedral de Luján, em versão anã, na entrada de sua casa de pedra. Com adobe fez os arcos góticos e armou os vitrais com pedacinhos de garrafas quebradas de todas as cores que encontrou. A cópia ficou igualzinha à original, mas um pouco mais linda. Jorge Prelorán filmou, para deixar registro.

Anos depois, Hermóneges ouviu um harmônio em alguma igreja.

Nunca na vida havia escutado um harmônio, e descobriu que não podia continuar vivendo sem aquilo.

Mas pouca é a gente, e a distância muita, lá nos planaltos da cordilheira, e a igreja ficava a vários dias de caminhada. E assim Hermógenes não teve outro remédio que convencer o cura de que aquele harmônio não estava soando direito. Dizendo ser especialista, ofereceu seus serviços para ajeitar o instrumento. Desarmou-o, desenhou cuidadosamente cada uma das peças, e de volta à casa fez um harmônio próprio, todo talhado em cardos.

Essa foi sua fonte de música, no fim de cada tarde.

O eletricista

Andava de bicicleta, com a escada no ombro, pelos caminhos do pampa.

Bautista Riolfo era eletricista e sete-ofícios, um faz-tudo que consertava tratores, relógios, moinhos, rádios ou espingardas. A corcunda que tinha nas costas havia saído de tanto se agachar escarafunchando tomadas, engrenagens e esquisitices.

René Favaloro, o único médico da comarca, também era faz-tudo. Com os poucos instrumentos que tinha e com os remédios que encontrava, oficiava de cardiologista, cirurgião, parteiro, psicólogo e especialista em tudo que fosse necessário consertar.

Um belo dia, René viajou até Bahia Blanca e na volta trouxe uma máquina jamais vista naquelas solidões habitadas pelo vento e pelo pó.

Aquele toca-discos tinha lá suas manhas. Num par de meses, negou-se a continuar funcionando.

E aí chegou Bautista na sua bicicleta. Sentado no chão, coçou a barba, investigou, soldou uns fiozinhos, ajustou parafusos e arruelas:

– *Vamos ver agora* – disse.

Para testar o aparelho, René escolheu um disco, a Nona de Beethoven, e colocou a agulha em seu movimento predileto.

E a música invadiu a casa e pôs-se a voar pela janela aberta, até a noite, até a terra sem ninguém; e continuou viva no ar quando o disco deixou de girar.

René comentou alguma coisa, ou perguntou alguma coisa, mas Bautista não respondeu nada.

Bautista estava com a cara amassada entre as mãos.

Um longo tempo se passou, até que o eletricista conseguiu dizer:

– *Perdoe, dom René, mas eu nunca tinha ouvido isso. Eu não sabia que essa... essa eletricidade existia no mundo.*

O cantor

Quando Alfredo Zitarrosa morreu em Montevidéu, seu amigo Juceca subiu com ele até os portões do Paraíso, para não deixá-lo sozinho naqueles trâmites. E quando voltou, Juceca nos contou o que havia escutado.

São Pedro perguntou nome, idade, ofício.

— *Cantor* — disse Alfredo.

E o porteiro quis saber: cantor de quê?

— *Milongas* — disse Alfredo.

São Pedro não conhecia. Foi picado pela curiosidade, e ordenou:

— *Cante.*

Alfredo cantou. Uma milonga, duas, cem. São Pedro queria que aquilo não acabasse nunca. A voz de Alfredo, que tanto tinha feito vibrar os chãos, estava fazendo vibrar os céus.

E Deus, que andava por ali pastoreando nuvens, esticou a orelha. E Juceca contou que aquela foi a única vez em que Deus não conseguiu saber quem era Deus.

A cantora

Liliana Villagra estava há um bom tempo querendo dormir, querendo e não conseguindo, e depois de dar muitas voltas na cama e de muito lutar com o travesseiro, escutou as três badaladas do relógio e precisou de ar: levantou-se e abriu a janela de par em par.

Toda a neve de todos os invernos tinha caído sobre Paris. O bairro de Pigalle era sempre farrista, ruidoso de rinhas e brigas, alvoroçado pelo ir e vir das putas e dos travestis; mas naquela noite Pigalle tinha se convertido num deserto branco, marcado pelos passos idos.

E então uma canção subiu até a janela, vinda da neve: uma voz de passarinho estava entoando alguma antiga melancolia. Enquanto esperava clientes, encostada na parede, uma mulher cantava. Alguns flocos de neve ainda caíam sobre a rua Houdon e caíam sobre o casaco de pele, comprado num brechó, que aquela mulher abria oferecendo seu corpo na rua sem ninguém.

Empinada na janela, Liliana ofereceu café:

– *Não quer entrar?*
– *Obrigada, mas não posso. Estou trabalhando.*
– *Linda canção* – disse Liliana.
– *Eu canto para não dormir* – disse a mulher.

A canção

Praga estava muda.

Na esquina onde a Rua Celetnà se abre para a grande praça da Cidade Velha, uma voz rompeu, de repente, o silêncio da noite.

De sua cadeira de inválida, cravada no chão de pedras, uma mulher cantou.

Eu nunca havia escutado uma voz tão bela e tão estranha, voz de outro mundo, e belisquei meu braço. Estava dormindo? Em que mundo estava?

Uns rapazes, que apareceram às minhas costas, responderam: caçoaram da cantora paralítica, a imitaram às gargalhadas, e ela se calou.

Outra canção

Ren Weschler registrou seu testemunho. Em 1975, Breyten Breytenbach era o único preso branco entre os muitos negros condenados à morte no cárcere de Pretória.

No final de cada noite, um dos condenados marchava ao patíbulo. Antes que o chão se abrisse debaixo de seus pés, o eleito cantava. Cada amanhecer, uma canção diferente despertava Breyten. Isolado em sua cela, ele escutava a voz do que ia morrer.

Breyten sobreviveu. Continua escutando aquela voz.

Sereias

Dom Julián vivia sozinho, na mais solitária das ilhas de Xochimilco, numa choça de ramagens vigiada pelas bonecas e pelos cães.

As bonecas quebradas, recolhidas no lixo, estavam dependuradas nas árvores. Elas o protegiam dos maus espíritos; e quatro cães magros o defendiam das pessoas más. Só que nem as bonecas, nem os cães, sabiam espantar as sereias.

Do fundo das águas, elas o chamavam.

Dom Julián tinha seus esconjuros. Cada vez que as sereias vinham para levá-lo e cantavam as ladainhas que repetiam seu nome, ele as expulsava contracantando:

Diz meu coração, diz minha razão:
Que me leve o Diabo, que me leve Deus,
mas você não, você não.

E também:

Agora não é a hora do meu fim,
É pra outra boca seu beijo fatal
Não é pra mim, não é pra mim.

Uma tarde, depois de preparar a terra para semear abóboras, dom Julián se pôs a pescar na margem. Pegou um peixe enorme, que conhecia porque já tinha escapado dele duas vezes, e quando estava arrancando o anzol, escutou vozes que também conhecia.

Julián, Julián, Julián, cantavam as vozes, como sempre. E como sempre dom Julián inclinou-se diante das águas, onde ondulavam os reflexos avermelhados das intrusas, e abriu a boca para entoar seus contracantos infalíveis.

Mas não. Desta vez, não conseguiu.

Seu corpo, abandonado pela música, apareceu flutuando à deriva entre as ilhas.

Quadras

Nos tempos em que um gravador era do tamanho de um cavalo, Lauro Ayestarán andava através dos campos recolhendo a memória da música.

À procura das quadras e estrofes perdidas, Lauro chegou certa vez a um rancho escondido nas lonjuras de Tacuarembó. Lá vivia um peão que tinha sido moço bailarino e violeiro, e mestre em duelos de versos.

Estava envelhecido, o homem. Já não ia e vinha de povoado em povoado e de festa em festa. Caminhava pouco e caía muito, e para se levantar apoiava-se no lombo de algum de seus cães. Já não enxergava. E tampouco cantava, mal e mal soprava palavras, mas tinha fama de memorioso:

– *Do que tem aqui, não falta nada* – sorria, batendo de leve na cabeça com um dedo.

Viola na mão, apenas roçando-a, o velho versejou, cantarolou, cantarejou. Soavam roucas as palavras que celebravam a memória das vacas soltas e dos homens livres, enquanto giravam e giravam os carretéis do gravador. O cantador cego escutava o zumbido sem comentários, até que finalmente perguntou que ruído era aquele.

– *Esta é uma máquina de guardar vozes* – explicou Ayestarán. Mexeu no gravador e tornaram a soar as quadras recém-cantadas.

O velho escutou a própria voz pela primeira vez na vida.

Não gostou nem um pouquinho daquela imitação.

Ídola

Algumas noites, nos cafés, a competição era brava:
— *Nos tempos da infância, um leão mijou em mim* — dizia alguém, sem alçar a voz, negando importância à sua tragédia.
— *Pois já comigo, o que mais eu gostava era de caminhar pelas paredes* — confessava outro, e se queixava porque na sua casa proibiam seu passatempo.
E outro:
— *Eu escrevia poemas de amor. Perdi todos num trem. E sabem quem achou? Neruda.*
Dom Arnaldo, odontologista de profissão, não se deixava intimidar. Apoiado no balcão, cotovelos firmes, soltava um nome:
— *Libertad Lamarque.*
Esperava o impacto, e depois:
— *Já ouviram falar?*
E então recordava seu encontro com a Namorada das Américas.

Dom Arnaldo não mentia. Certa madrugada, lá pelos anos trinta, Libertad Lamarque, cantora e atriz, vinha sofrendo duro castigo num hotel de Santiago do Chile. O marido a estava voando a bofetões, porque antes prevenir que remediar, e em plena biaba Libertad gritou:

– *Basta! Foi você quem quis!*

e se atirou de cabeça da janela do quarto andar. Rebotou num toldo e caiu em cima do odontologista, que vinha visitar a mãe e justo naquele instante passava pela calçada. Libertad saiu intacta, e também intacto seu penhoar adamascado ornamentado de dragões chineses; mas o esmagado dom Arnaldo foi levado, de ambulância, para o hospital.

Quando a ossatura se recompôs, e tiraram suas vendas de múmia, dom Arnaldo começou a contar a história e depois continuou contando, até o final de seus dias, nos cafés e em todos os lugares onde houvesse alguma orelha: do céu, da nuvem alta onde moravam as deusas do éter e das candeias, aquela estrela cadente tinha-se deixado cair sobre a terra, e entre milhões de homens tinha escolhido ele, sim, ele, e em seus braços havia despencado, para não morrer sozinha.

O cinema

Geraldine ia trabalhar em um filme, nalguma aldeia metida nas montanhas da Turquia.

Na primeira tarde, saiu para caminhar. Não havia ninguém, quase ninguém, nas ruas. Poucos homens, nenhuma mulher. Mas na virada de uma esquina, topou, de supetão, com um enxame de meninos.

Geraldine olhou para os lados, olhou para trás: estava cercada, não tinha saída. A garganta se negou a gritar. Sem palavras, ofereceu o que tinha: o relógio, o dinheiro.

Os meninos riram. Não, não era aquilo. E falando algo mais ou menos parecido ao inglês, perguntaram se ela era a filha de Chaplin.

Geraldine, atônita, assentiu. E só então percebeu que os meninos tinham pintado bigodinhos negros, e que cada um tinha um pauzinho à guisa de bengala.

E a sessão começou.

E todos foram ele.

O público

Havia uma multidão nas portas do cine Yara, em Havana, e um guarda tentava organizar a fila. A intenção era boa, talvez heroica, mas não parecia muito realista. Toda vez que ele conseguia pôr as pessoas em ordem, a fila explodia em um novo tumulto.

A autoridade estava sozinha, impotente diante da paixão pelo cinema e da paixão pelo caos, quando a voz de comando se fez ouvir:

– *Para trás!* – ordenou o guarda. – *Damas e cavalheiros, a fila vai ser formada atrás da parede! Da parede para lá!*

– Que parede? – perguntou a multidão, desconcertada.

E a espada da ordem explicou:

– *Se não tem parede... inventem uma!*

A televisão

No final do ano de 1999, o presidente do Uruguai inaugurou uma escola em Pinar Norte.

Por tratar-se de um bairro de gente pobre e trabalhadora, o primeiro mandatário quis enaltecer com sua presença aquele ato cívico.

O presidente chegou do céu. Veio de helicóptero, acompanhado pelas câmaras de televisão.

Em seu discurso, rendeu homenagem às crianças da pátria, que constituem nosso capital mais valioso, e exaltou a importância da educação, que é a mais rentável inversão neste mundo tão competitivo. Em continuação, foi entoado o hino nacional e balões coloridos subiram aos céus.

Então, no momento culminante da cerimônia, o presidente deu para cada aluno um brinquedo de presente.

A televisão transmitiu tudo ao vivo.

Quando as câmaras terminaram seu trabalho, o presidente voltou aos céus. E as autoridades da escola começaram a recuperar os brinquedos distribuídos. Não foi fácil arrancá-los das mãos das crianças.

O teatro

Aristófanes andou conversando nas comunidades de Chiapas e Anton Chekov viajou, com seus personagens, ao deserto de San Luis Potosí.

Eles nunca haviam estado nessas paragens.

Foram os atores do grupo El Galpón que os levaram a percorrer terras mexicanas, de ponta a ponta.

O elenco inteiro do El Galpón estava exilado no México. Eram os anos de sujeira e medo da ditadura militar no Uruguai, e em Montevidéu só havia ficado o teatro.

Estava o teatro, que tinha sido feito à base de muita batalha e esforço, sem um tostão de ajuda oficial; mas o El Galpón não estava, e o público tampouco. A ditadura oferecia espetáculos diante das poltronas vazias. Sombra sem corpo, corpo sem alma: ninguém ia.

A plateia

Gonzalo Muñoz, cuja imagem de cor sépia faz parte de meu álbum de família, havia nascido para viver de noite e dormir de dia.

Passava as noites em branco, velando fantasmas, e durante o dia sempre tinha muito o que fazer, de maneira que não tinha outro remédio a não ser dormir aos pedacinhos. Caía dormindo a qualquer momento e ao despertar se confundia de hora, e às vezes até se confundia de espécie. Em algumas ocasiões, dom Gonzalo, que tinha costumes de coruja, cacarejava como galo e em plena tarde saudava, do telhado, o amanhecer. Esses erros não caíam nada bem na vizinhança.

Certa noite, compareceu à estreia de um drama no Teatro Solís de Montevidéu. Era sessão de gala, elenco europeu. No segundo ato, ele dormiu. E dormiu justo quando o personagem principal, um marido de gênio ruim, estava agachado, pistola em punho, atrás de um biombo. Pouco depois, quando a esposa infiel entrou em cena, o marido saltou de seu esconderijo e atirou. Os tiros derrubaram a pecadora e despertaram dom Gonzalo, que se ergueu no meio da plateia e exclamou, abrindo os braços:

– *Calma, senhores, calma! Não se assustem! Que ninguém se mova!*

Sua mulher, sentada ao lado, desapareceu para sempre nas profundidades da poltrona.

O ator

Horacio Tubio tinha feito sua casa no vale do El Bolsón.

A casa não tinha luz elétrica. Ele tinha vindo da Califórnia, carregando suas quinquilharias modernas; mas o computador, o fax, o televisor e a máquina de lavar roupas se negavam a funcionar à luz de velas.

Horacio foi até o escritório correspondente. Um engenheiro o atendeu. O engenheiro consultou uns mapas enigmáticos e respondeu que o serviço elétrico já estava funcionando naquela região.

– *Sim, funciona* – reconheceu Horacio. – *Funciona no bosque. As árvores estão felizes.*

O engenheiro indignou-se e sentenciou:

– *Sabe qual é o seu problema? A arrogância. Com essa arrogância, você não vai conseguir nada na vida, jamais.*

E apontou para a saída.

Horacio se retirou, fechou a porta.

Mas em seguida o engenheiro escutou: toc-toc.

Horacio estava lá, ajoelhado, humilhando a cabeça:

– *O senhor, engenheiro, que teve a felicidade de poder estudar...*

– *Levante-se, levante-se.*

– *O senhor, que tem um diploma...*

– *Levante-se, por favor.*

– *Compreenda a minha situação, engenheiro. Eu queria aprender a ler...*

Horacio não interrompeu a ladainha até a luz elétrica chegar na sua casa.

A atriz

Há mais de meio século, a Comédia Nacional apresentou *Bodas de sangue* aos campos de Salto.

Essa obra de Federico García Lorca vinha de outros campos, distantes campos da Andaluzia. Era uma tragédia de famílias inimigas: um casamento acabado, uma noiva roubada, dois homens que se apunhalavam por uma mulher. A mãe de um dos mortos exigia da vizinha:

– *Quer se calar, por favor? Não quero prantos nesta casa. Suas lágrimas são lágrimas dos olhos, e nada mais.*

Margarita Xirgu era, em cena, aquela mãe altiva e dolorida.

Quando os aplausos se apagaram, um peão de estância aproximou-se de Margarita e disse, chapéu na mão, cabeça inclinada:

– *Meus mais sinceros pêsames, senhora. Eu também perdi um filho.*

Aqueles aplausos

Desde que García Lorca havia caído, crivado de balas, no alvorecer da guerra espanhola, *A sapateira prodigiosa* não aparecia nos palcos de seu país. Muitos anos tinham se passado quando os teatreiros do Uruguai levaram essa obra a Madri.

Atuaram com alma e vida.

No final, não receberam aplausos. O público se pôs a pisar forte no chão, com fúria total, e os atores não entendiam nada.

China Zorrilla contou:

— *Ficamos pasmos. Um desastre. Era de chorar.*

Mas, depois, explodiu a ovação. Longa, agradecida. E os atores continuavam sem entender.

Talvez aquele primeiro aplauso com os pés, aquele trovão sobre a terra, tenha sido para o autor. Para o autor, fuzilado por ser comunista, por ser maricas, por ser esquisito. Talvez tenha sido uma forma de dizer a ele: *Veja, Federico, como você está vivo.*

A comédia dos cinco séculos

Hoje, sessão de gala: Portugal celebrou com todo luxo os quinhentos anos do desembarque de Bartolomeu Dias na costa do sul da África. Transformado em grande teatro da nostalgia imperial, o país pôs em cena o ousado navegante que havia chegado ao Cabo da Boa Esperança em 1487, numa época de alta glória, quando Deus havia dado de presente a Portugal a metade do mundo.

Atores vestidos à maneira dos tempos, sedas e veludos, finas espadas, chapéus de muita plumagem, povoaram uma cópia exata do navio de Bartolomeu Dias, que se fez ao mar e pôs a proa rumo à África.

Na praia sul-africana, estava previsto, haveria uma multidão de negros, saltando de alegria e de gratidão diante dos navegantes que tinham vindo, cinco séculos atrás, para fazer-lhes o favor de descobri-los. Mas aquela praia era, em 1987, exclusiva para brancos. Os negros estavam proibidos de entrar, por essas coisas do *apartheid*.

Uma eufórica multidão de brancos, pintados de negros, recebeu os portugueses.

A comédia do século

Em 1889, Paris festejou, com uma grande exposição internacional, os cem anos da revolução francesa.

A Argentina enviou uma variada mostra de frutos do país. Entre outros, mandou uma família de índios da Terra do Fogo. Eram onze índios onas, exemplares raros, uma espécie em extinção: os últimos onas estavam sendo aniquilados, naqueles anos, a tiros de winchester.

Dos onze onas enviados, dois morreram na viagem. Os sobreviventes foram exibidos numa jaula de ferro. *Antropófagos sul-americanos*, advertia um cartaz. Durante os primeiros dias, não deram nada para eles comerem. Os índios uivavam de fome. Então, começaram a atirar alguns pedacinhos de carne crua para eles. Era carne de vaca; mas ninguém queria perder aquele espetáculo horripilante. O público, que tinha pago entrada, se amontoava ao redor da jaula onde os canibais selvagens disputavam a comida a golpes.

Assim foram celebrados os primeiros cem anos da Declaração dos Direitos do Homem.

A comédia do meio século

Cumpriam-se cinquenta anos das explosões atômicas que haviam aniquilado Hiroshima e Nagasaki.

A Smithsonian Institution anunciou, em Washington, uma grande exposição.

A mostra incluiria muita informação documental e numerosas opiniões de cientistas, historiadores especializados e especialistas militares. Também ofereceria depoimentos dos protagonistas, do coronel que comandou os bombardeios, que nunca tinha perdido o sono por causa daquele assunto, até alguns japoneses sobreviventes, que tinham perdido o sono e todo o resto.

Os visitantes da exposição corriam o perigo de ficar sabendo que a multidão assassinada pelo céu era formada, em sua maioria, por mulheres e crianças. E, pior ainda, a ampla documentação reunida podia informar aos visitantes que as bombas não tinham sido atiradas para ganhar a guerra, porque a guerra já tinha sido ganha, mas para intimidar a União Soviética, que era o próximo inimigo.

Para evitar esses graves riscos, a mostra foi anunciada, mas jamais aconteceu. Tudo se reduziu à exibição do Enola Gay, o avião que havia descarregado as bombas, para que os patriotas fervorosos pudessem beijar seu nariz.

O alfaiate

Jurou que ia voar. Jurou por todas as casas que havia aberto e por todos os botões que havia pregado e por todos os incontáveis ternos e vestidos e sobretudos que havia medido, recortado, alinhavado e costurado, pontada após pontada, ao longo dos dias de sua vida.

E desde então, o alfaiate Reichelt dedicou todo seu tempo à confecção de enormes asas de morcego. As asas eram dobráveis, para que pudessem entrar no cubículo onde ele mantinha loja e residência.

Enfim, após muito trabalho, ficou pronta aquela complicada armação de tubos e varetas de metal, toda coberta de tecido.

O alfaiate passou a noite sem dormir, rogando a Deus que lhe desse um dia de vento. E na manhã seguinte, manhã de vento forte do ano de 1912, subiu ao ponto mais alto da Torre Eiffel, abriu suas asas e voou sua morte.

O avião

Flamejavam, altas, as bandeiras.

As autoridades espantavam as vacas que se metiam na pista para pastar.

Não faltava ninguém. O povo inteiro de Lorica esperava fazia horas. Bordados, laçarotes, gravatas: engomados como para boda ou batizado, os olhos cravados no céu, todos torravam debaixo do sol sem nenhuma queixa.

De longe, o viram chegar. E engoliram saliva. E quando o esperado se lançou à terra, o ruído de guerra e o açoite do vento provocaram uma debandada geral na plateia.

Nunca se havia visto um avião no povoado de Lorica.

A multidão, boquiaberta, olhava de longe. À distância, dava para adivinhar um brilho envolto em neblina de poeira vermelha. As hélices já haviam deixado de girar. Um valente rompeu filas, correu até o jamais visto e na volta informou que cheirava a sabão.

Quando a música explodiu, duas orquestras ao mesmo tempo tocavam o hino pátrio e uma seleção de música popular da região, a multidão atropelou. Os passageiros foram baixados em andor, e o piloto se afogou num mar de flores. Celebrando a aparição vinda dos céus, correram talagadas de bebida forte e desandou a festança, mais e mais, pelas ruas.

O avião tinha feito uma escala, uma paradinha para seguir viagem até outros rumos, mas não pôde mais decolar.

– *Foi o primeiro sequestro aéreo da história da Colômbia* – conta David Sánchez-Juliao, o mais jovem dos sequestradores.

Voo sem mapa

Ela era o avião. Estirada na noite, voava.

De repente, percebeu que tinha perdido o rumo, e nem recordava para onde devia ir.

Aos passageiros, os passageiros que seu corpo continha, aquela distração não importava nem um pouco. Todos estavam muito ocupados bebendo, comendo, fumando, conversando e dançando, porque no avião de seu corpo havia espaço de sobra, havia boa música e nada era proibido.

Ela também não estava preocupada. Havia esquecido seu destino, mas as asas, seus braços estendidos, roçavam a lua e giravam entre as estrelas, dando voltas pelo céu, e era muito divertido aquilo de andar atravessando a noite rumo a lugar algum.

Helena despertou na cama, no aeroporto.

Instruções de voo

O médico, Oriol Vall, ia embora. Havia ficado por lá um bom tempo, no povoado de Ajoya, perdido na serra, dividindo os trabalhos e os dias com as pessoas, e tinha chegado a hora de partir.

Disse até logo, casa por casa. E no minúsculo dispensário da comunidade, parou para explicar o assunto a Maria del Carmen, que o havia ajudado tanto.

– *Estou voltando para a Espanha, dona Maria.*
– *E a Espanha fica longe?*

Ela nunca tinha ido além do rio Gavilanes. Oriol rabiscou um mapa, para que pudesse ter uma ideia. Era preciso atravessar o mar, o mar inteiro.

– *Deve ser um barco muito grande, para tanta água.*

Ele tentou explicar, com as palavras e com as mãos. E Maria del Carmen, que nunca tinha visto, nem de longe, um avião, interrompeu-o:

– *Sim, sim, já entendi. O que o senhor está querendo dizer é que vai viajar dormindo no vento.*

O trem

– *É muito forte* – anunciou o pai. – *Como uns duzentos bois puxando.*

O filho, Simón de la Pava, viu um grande jorro de fumaça erguendo-se no horizonte.

Pouco depois, apareceu a fera poderosa. Vinha crescendo de longe. Rugia. Uivava.

Quando o menino a viu se aproximar, quis escapar, apavorado; mas o pai não largou sua mão.

Um chiado de ferros, queixa prolongada, e o trem parou.

Simón e seu pai foram do vale de Ibagué até a meseta de Bogotá, do calor ao fresco e do fresco ao frio.

A viagem não terminava nunca.

Bufando, morto de sede, o trem bebia rios de água em cada estação. Depois, chorando, suando vapores pela barriga, continuava seu pipocar ladeira acima.

Os passageiros chegaram ao destino extenuados e cobertos de fuligem e de pó.

Enquanto o pai apanhava as malas, Simón aproximou-se da locomotiva.

Ela arfava. Ele deu umas palmadinhas de gratidão em sua anca quente.

Os passageiros

Através dos campos e dos tempos, lá se ia o trem de Sevilha a Morón de la Frontera. E através da janela, o poeta Julio Vélez contemplava, com olhos cansados, os arvoredos e as casas que fugiam em rajadas, enquanto sua memória perambulava pelas geografias e pelos anos.

Sentado cara a cara com Julio, viajava um turista. O turista queria praticar sua dificultosa língua castelhana, mas Julio andava sabe-se lá por que lugares, buscando alguma certeza que tinha ido embora, alguma palavra ou mulher que tinha se perdido.

– *É o senhor andaluz?* – perguntou o turista.

Julio, ausente, assentiu.

E o turista, intrigado, insistiu:

– *Mas se é andaluz, por que está triste?*

Você está aí?

Dois trens ingleses chocam-se entre si, na saída da estação de Paddington.

Um bombeiro abre caminho, a golpes de machadinha, e entra num vagão tombado. Através da fumaça, que soma neblina à neblina, consegue ver os passageiros caídos uns em cima dos outros, manequins despedaçados entre as madeiras estilhaçadas e os ferros retorcidos. A lanterna percorre aqueles despojos buscando, em vão, algum sinal de vida.

Não se ouve nenhum gemido. Só rompem o silêncio as campainhas dos celulares, que dos mortos tocam e tocam e tocam.

Acidente de trânsito

Já bem avançado o século vinte, os camelos ainda se ocupavam do transporte de gentes e coisas na ilha de Lanzarote.

A estação, o Repouso dos Camelos, ficava em pleno centro do porto de Arrecife. Leandro Perdomo passava sempre por ali, na sua infância, a caminho da escola. Via muitos camelos, deitados ou de pé. Certa manhã contou quarenta, mas ele não era muito bom em matemática.

Naqueles anos, a ilha flutuava fora do tempo, mundo antes do mundo, e as pessoas tinham tempo para perder tempo.

Os camelos iam e vinham, a passo lento, através das imensidões do deserto de lava negra. Não tinham horário, nem hora de saída nem hora de chegada, mas saíam e chegavam. E nunca houve acidentes. Nunca, até que um camelo sofreu um súbito ataque de nervos e atirou pelos ares sua passageira. A infortunada partiu a cabeça contra uma pedra.

O camelo enlouqueceu porque topou pelo caminho numa coisa estranha que tossia, jorrava fumaça e andava sem patas.

O primeiro automóvel havia chegado à ilha.

Vermelho, amarelo, verde

Da noite para o dia, aconteceu: uns postes com três olhos brotaram nas esquinas da rua principal. Nunca jamais se viu nada igual no povoado de Quaraí, nem em toda aquela região da fronteira.

A cavalo, vindos de longe, os curiosos apareciam. Atavam os cavalos nos arredores, para não atrapalhar o tráfego, e sentavam-se para contemplar a novidade. Chimarrão em punho, esperavam pela noite, porque de noite as luzes eram mais luzes e dava gosto ficar e olhar, como quem olha as estrelas nascendo no céu. As luzes acendiam e apagavam sempre no mesmo ritmo, repetindo sempre suas três cores, uma atrás da outra; mas aqueles homens do campo, indiferentes ao passar dos automóveis e das pessoas, não se cansavam do espetáculo.

– *O daquela esquina é mais bonito* – aconselhava um.

– *Este aqui demora mais* – argumentava outro.

Que se saiba, nenhum deles jamais perguntou para que serviam aqueles olhos mágicos, que piscavam sem se cansar jamais.

Publicidade

Wagner Adoum dirige seu automóvel com os olhos sempre cravados para a frente, sem dar jamais nem uma olhadinha nos cartazes que distribuem ordens nas margens das ruas de Quito e das estradas do país.

– *Eu nunca matei ninguém* – dizia. – *E se tenho os anos que tenho e continuo vivo, é porque nunca dei a menor confiança a essas placas.*

Graças a isso, explicava, tinha se salvado de morrer por afogamento, indigestão, hemorragia ou asfixia. Ele não tinha bebido um oceano de coca-colas, nem havia comido uma montanha de hambúrgueres, nem tinha cavado uma cratera na pança engolindo milhões de aspirinas, e havia evitado que os cartões de crédito o afundassem até os cabelos no pântano das dívidas.

A rua

Quantos milhões de pessoas cabem numa única rua?

Naquele meio-dia, todos os habitantes de Buenos Aires andavam pela Rua Florida, a única rua ainda caminhável da cidade. Era uma multidão de urbanoides fugidos de seus invólucros, uma multidão de pernas que caminhavam muito apressadas, como se fosse durar pouco aquele espaço de exílio no reino dos motores.

No meio daquele mundaréu de gente, Rogelio García Lupo percebeu que um senhor vinha se aproximando, trabalhosamente, abrindo espaço com os cotovelos, até onde ele estava. O senhor, de aspecto respeitável, abriu os braços; e Rogelio, sem tempo para pensar, foi abraçado e abraçou. Era um rosto vagamente familiar. Rogelio não atinou mais que perguntar:

– *Quem somos?*

Mapa do mundo

Eu estava tentando decifrar o alvoroço dos pássaros, nos bosques da Universidade de Stanford, quando um velho professor se aproximou. O professor, sábio em alguma especialidade científica, tinha muita conversa guardada. De seu tema, sabia tudo. Eu, que daquilo não sabia nada, nada entendia; mas ele era simpático, falava suavemente, e dava gosto escutá-lo.

A certa altura, foi picado pelo bichinho da curiosidade e me perguntou de que país eu era. Respondi; e pelos seus olhos, estupefatos, percebi que o nome Uruguai não lhe era muito familiar. Eu já estava acostumado, mas o professor foi amável e me fez um comentário sobre as roupas típicas do meu país. Era evidente que o professor confundia o Uruguai com a Guatemala, que naqueles dias tinha ocupado, por milagrosa exceção, as manchetes dos jornais. Retribuí sua gentileza tornando-me guatemalteco no ato e sem chiar, e disse sei lá o que sobre a atormentada história da América Central.

– *Central America* – disse ele.

Eu quis acreditar que ele havia compreendido. Por via das dúvidas, não insisti.

Eu sabia muito bem que muitos de seus compatriotas acham que o centro da América está em Kansas City.

Distâncias

Rafael Gallo, senhor das touradas, tinha feito um grande trabalho na arena de Albacete e havia recebido, como troféu, as orelhas e o rabo do touro.

Enquanto tirava seu traje de brilhos e lantejoulas, o mestre decidiu:

– *Vamos voltar agora mesmo para Sevilha.*

O ajudante explicou que não dava, que já era muito tarde:

– *E Sevilha, longe daquele jeito...*

Rafael se ergueu, amassou sua capa de toureiro na mão e ordenou:

– *Quieeetooo!*

E feito um relâmpago de fúria, pôs as coisas em seu devido lugar:

– *O que foi que você disse? O que foi? Sevilha está onde deve estar. O que está longe é isto aqui.*

A geografia

Em Chicago, não há ninguém que não seja negro. Em pleno inverno, em Nova York, o sol frita as pedras. No Brooklyn, as pessoas que chegam vivas aos trinta anos mereceriam uma estátua. As melhores casas de Miami são feitas de lixo. Perseguido pelas ratazanas, Mickey foge de Hollywood.

Chicago, Nova York, Brooklyn, Miami e Hollywood são os nomes de alguns dos bairros de Cité Soleil, o subúrbio mais miserável da capital do Haiti.

O geógrafo

– *O lago Titicaca. O senhor conhece?*
– *Conheço.*
– *Antes, o lago Titicaca ficava aqui.*
– *Onde?*
– *Pois bem aqui.*

E passeou o braço pela imensidão ressecada.

Estávamos no deserto do Tamarugal, uma paisagem de cascalhos calcinados que se estendia de horizonte a horizonte, atravessada muito de vez em quando por alguma lagartixa; mas eu não era ninguém para contradizer um entendido.

Fui picado pela curiosidade científica. E o homem teve a amabilidade de me explicar como foi que o lago se mudou para tão longe:

– *Quando foi, não sei. Eu não tinha nascido. Foi levado pelas garças.*

Num longo e cruel inverno, o lago tinha se congelado. Virou gelo de repente, sem aviso, e as garças haviam ficado presas pelas patas. Após muitos dias e muitas noites de bater asas com todas as suas forças, as garças prisioneiras tinham enfim conseguido levantar voo, mas com lago e tudo. Levaram o lago gelado e andaram com ele pelos céus. Quando o lago derreteu, caiu. E ficou lá, longe.

Eu olhava as nuvens. Suponho que não estava com cara de muito convencido, porque o homem perguntou, com certa impaciência:

– *E se existem discos voadores, diga-me, senhor: por que não podem existir lagos voadores?*

O albatroz

Vive no vento. Voa sempre, dorme voando.

Voando não se cansa nem se gasta. É de vida longa: aos sessenta anos, continua dando voltas e mais voltas ao redor do mundo.

O vento anuncia de onde virá a tempestade e diz onde está a costa. Ele nunca se perde, nem se esquece do lugar em que nasceu; mas a terra não é seu assunto, e o mar tampouco. No chão, suas patas curtas caminham mal, e na água ele se aborrece.

Quando o vento o abandona, espera. Às vezes o vento demora, mas sempre volta: procura por ele, chama-o, e o leva. E ele se deixa levar, se deixa voar, com suas asas enormes planando no ar.

Andando sóis

Da fronteira, Gustavo de Mello me telefonou:
– *Vem para cá* – disse ele.
Dom Félix estava lá. Estava chegando ou estava indo embora, isso nunca se sabia.
Tampouco se sabia a sua idade. Enquanto baixávamos uma garrafa de vinho, me confessou noventa anos. Diminuía alguns aninhos, segundo Gustavo; mas Félix Peyrallo Carbajal não tinha documentos:
– *Nunca tive. Para não perdê-los* – me disse, enquanto acendia um cigarro e soprava aneizinhos de fumaça.
Sem documentos, e sem outra roupa além da que levava no corpo, havia andado de país em país, de aldeia em aldeia, tudo ao longo do século e tudo ao longo do mundo.
Dom Félix ia deixando, à sua passagem, relógios de sol. Esse uruguaio estranho que não era aposentado nem queria ser, vivia disso: fazia quadrantes, relógios sem máquina, que oferecia às praças das cidades. Não para medir o tempo, costume que lhe parecia um agravo, mas pelo puro gosto de acompanhar os passos do sol sobre a terra.
Quando nos encontramos, na cidade de Rivera, dom Félix já estava começando a sentir-se muito bem. E ficava preocupado com isso. A tentação de ficar era a ordem de partir:
– *A novidade, o que há de novo, de novo!* – disse, batendo na mesa com suas mãozinhas de menino.
Naquele lugar, como em todos os lugares, estava de passagem. Ele sempre chegava para partir. Vinha de cem países e de duzentos relógios de sol, e ia embora quando se apaixonava, fugitivo do perigo de deitar raízes numa cama ou numa casa.
Para ir embora, preferia o amanhecer. Quando o sol estava vindo, ele ia. Nem bem se abriam as portas da estação de trem ou de ônibus, dom Félix jogava no guichê as poucas notas que tinha juntado e mandava:
– *Até onde isso aí der para ir.*

O porto

A avó Raquel estava cega quando morreu. Mas tempos depois, no sonho de Helena, a avó enxergava.

No sonho, a avó não tinha um montão de anos, nem era um punhado de ossinhos cansados: ela era nova, era uma menina de quatro anos que estava terminando a travessia do mar, lá da remota Bessarábia, uma emigrante entre muitos emigrantes. Na coberta do navio, a avó pedia a Helena que a erguesse, porque o barco estava chegando e ela queria ver o porto de Buenos Aires.

E assim, no sonho, erguida nos braços da neta, a avó cega via o porto do país desconhecido onde iria viver toda a sua vida.

Os emigrantes, há um século

Uma mecha de cabelo,
uma velha chave que havia perdido sua porta,
um cachimbo que havia perdido sua boca,
o nome de alguém bordado num lenço,
o retrato de alguém numa moldura oval,
um cobertor que tinha sido compartilhado
e outras coisas e coisinhas vinham, embrulhadas em roupas, na bagagem dos desterrados. Não era muito o que cabia em cada mala, mas em cada uma cabia um mundo. Cambaia, desmantelada, atada com barbante ou mal fechada por ferragens enferrujadas, cada mala era como todas, mas igual a nenhuma.

Os homens e mulheres chegados de longe se deixavam levar, como suas malas, de fila em fila, e se amontoavam, como elas, esperando. Vinham de aldeias invisíveis no mapa, e depois de suas longas travessias haviam desembarcado na ilha Ellis. Estavam a um passo da Estátua da Liberdade, que havia chegado, pouco antes que eles, ao porto de Nova York.

Na ilha, funcionava o coador. Os porteiros da Terra Prometida interrogavam e classificavam os imigrantes, auscultavam seus corações e pulmões, estudavam suas pálpebras, bocas e dedos dos pés, os pesavam e mediam sua pressão, febre, estatura e inteligência.

Os exames de inteligência eram os mais difíceis. Muitos dos recém-chegados não sabiam escrever ou não atinavam mais que balbuciar palavras incompreensíveis em línguas desconhecidas. Para definir seu coeficiente intelectual, deviam responder, entre outras perguntas, como se varria uma escada: varria-se para cima, para baixo ou para os lados? Uma moça polonesa respondeu:

– *Eu não vim até este país para varrer escadas.*

O voo dos anos

Quando chega o outono, milhões e milhões de borboletas iniciam sua longa viagem rumo ao sul, partindo das terras frias da América do Norte.

Um rio flui, então, ao longo do céu: o suave ondular, ondas de asas, vai deixando, a seu passo, um esplendor cor de laranja nas alturas. As borboletas voam sobre montanhas e prados e praias e cidades e desertos.

Pesam pouco mais que o ar. Durante os quatro mil quilômetros da travessia, algumas caem, derrubadas pelo cansaço, pelos ventos ou pelas chuvas; mas as muitas que resistem aterrissam, enfim, nos bosques do centro do México.

Lá descobrem aquele reino nunca visto, que de longe as chamava.

Para voar nasceram: para voar este voo. Depois, voltam para casa. E lá no norte, morrem.

No ano seguinte, quando chega o outono, milhões e milhões de borboletas iniciam sua longa viagem...

Os emigrantes, agora

Desde sempre, as borboletas, as andorinhas e os flamingos voam fugindo do frio, ano após ano, e nadam as baleias à procura de outro mar e os salmões e as trutas à procura de seus rios. Eles viajam milhares de léguas, pelos livres caminhos do ar e da água.

Mas não são livres os caminhos do êxodo humano.

Em imensas caravanas, marcham os fugitivos da vida impossível.

Viajam do sul para o norte, e do sol nascente para o poente.

Alguém roubou seu lugar no mundo. Foram despojados de seus trabalhos e de suas terras. Muitos fogem das guerras, porém são muitos mais os que fogem dos salários exterminados e dos solos arrasados.

Os náufragos da globalização peregrinam inventando caminhos, querendo casa, batendo em portas: as portas que se abrem, magicamente, à passagem do dinheiro, se fecham em seus narizes. Alguns conseguem passar. Outros são cadáveres que o mar carrega para praias proibidas ou corpos sem nome que jazem debaixo da terra no outro mundo onde queriam chegar.

Sebastião Salgado os fotografou, em quarenta países, durante vários anos. De seu longo trabalho ficaram trezentas imagens. E as trezentas imagens dessa imensa desventura humana cabem, todas, em um segundo. Soma somente um segundo toda a luz que entrou na câmara, ao longo de tantas fotografias: apenas um piscar nos olhos do sol, um instantinho na memória do tempo.

A história que poderia ter sido

Cristóvão Colombo não conseguiu descobrir a América, porque não tinha visto e muito menos passaporte.

Pedro Álvares Cabral foi proibido de desembarcar no Brasil, porque podia contagiar de varíola, de sarampo, de gripe e outras pestes desconhecidas no país.

Hernan Cortez e Francisco Pizarro ficaram na vontade de conquistar o México e o Peru, porque não tinham licença para trabalhar.

Pedro de Alvarado bateu na Guatemala e voltou, sem entrar, e Pedro de Valdivia não conseguiu pisar terra do Chile porque não tinham atestado policial de nada-consta.

Os peregrinos do Mayflower foram devolvidos ao mar, porque na costa de Massachusetts não havia vagas de imigração disponíveis.

A expulsão

No mês de março do ano 2000, sessenta haitianos se lançaram às águas do mar do Caribe, num barquinho de nada.

Os sessenta morreram afogados.

Como era uma notícia de rotina, ninguém ficou sabendo.

Os engolidos pelas águas tinham sido, todos, plantadores de arroz.

Desesperados, fugiam.

No Haiti, os camponeses dos arrozais se transformaram em balseiros ou em mendigos, desde que o Fundo Monetário Internacional proibiu a proteção que o Estado oferecia à produção nacional.

Agora o Haiti compra arroz nos Estados Unidos, onde o Fundo Monetário Internacional, que é bastante distraído, se esqueceu de proibir a proteção que o Estado oferece à produção nacional.

Adeuses

Foi como se fosse aniversário, mas não era. Debaixo das grinaldas de luzes, flores e serpentinas, brotavam manjares de milho das caçarolas fumegantes, derramava-se aos jorros o diabo engarrafado e os pés levantavam poeira ao som de violas e flautas de taquara.

Quando o sol surgiu, alguns convidados roncavam pelos cantos.

Os acordados se despediram do que ia embora. Ele ia com o que tinha no corpo e com um passaporte da República do Equador. Deram a ele de presente uma manta, para engalanar a viagem. Partiu em lombo de mula, e depois de pouco andar desapareceu nas montanhas.

Não era o primeiro.

Na aldeia só restavam os meninos e os velhos.

Dos que se foram, nenhum voltou.

Os convidados ficaram comentando a festa:

– *Foi óóóótima! Choramos tanto!*

A partida

Esta mulher está indo para o norte. Sabe que pode morrer afogada na travessia do rio, e de tiro, sede ou serpente na travessia do deserto.

Diz adeus aos filhos, querendo dizer até logo.

E indo embora de Oaxaca, ajoelha-se diante da Virgem de Guadalupe, num altarzinho do caminho, e roga o milagre:

– *Não peço que você me dê nada. Só peço que me você me ponha aonde tem.*

A chegada

Sem documentos, sem dinheiro, sem nada, pôs-se a caminhar de sua aldeia de Serra Leoa. A mãe regou com água as marcas de seus primeiros passos, para dar sorte durante a viagem.

Dos que saíram com ele, nenhum chegou. Alguns foram agarrados pela polícia, outros foram comidos pela areia ou pelo mar. Mas ele conseguiu entrar em Barcelona. Junto a outros sobreviventes de outras odisseias, faz a noite na Praça Catalunha. Jaz sobre o chão de pedra, de cara para o céu.

No céu, que pouco se vê, ele busca suas estrelas. Não estão aqui.

Queria dormir, mas as luzes da cidade não se apagam nunca. Aqui, a noite também é dia.

Cerimônia

Fazia muitos anos que Tato estava atrás daquele balcão. Servia bebidas, às vezes as inventava. Calava, às vezes escutava. Conhecia os costumes e as manias de cada um dos clientes que vinham, todas as noites, molhar a garganta.

Havia um homem que chegava sempre à mesma hora, às oito em ponto, todas as noites, e pedia duas taças de vinho branco seco. Pedia as duas ao mesmo tempo e as bebia sozinho, um gole de uma taça, um gole da outra. Muito lentamente, em silêncio, o homem esvaziava suas duas taças, pagava e ia embora.

Tato tinha o costume de não perguntar. Mas uma noite o homem leu uma certa curiosidade em seus olhos; e como quem não quer nada, contou. Disse que seu amigo mais amigo, seu amigo de sempre, tinha ido embora. Cansado de não ter um gato para puxar pelo rabo, tinha ido para muito longe do Uruguai, e agora estava no Canadá.

– *Está muito bem por lá* – disse.

E depois disse:

– *Muito, muito bem, não sei...*

E calou-se.

Desde que seu amigo tinha ido embora, os dois se encontravam todas as noites, às oito em ponto, hora de Montevidéu: ele nesse bar daqui, e seu amigo num bar de lá, e tomavam juntos uma taça de vinho.

E assim passou o tempo, noite a noite.

Até que chegou a vez em que o homem chegou com a pontualidade de sempre mas pediu uma taça, uma só. E bebeu, lento, calado, talvez um pouco mais lento e calado que de costume, até a última gota dessa única taça.

E quando pagou a conta e se levantou para ir embora, Tato fez o que nunca tinha feito: tocou nele. Estendeu o braço por cima do balcão e o tocou:

– *Meus pêsames.*

Exílio

Leonardo Rossiello veio do norte do mundo. A viagem de Estocolmo a Montevidéu se complicou, aconteceram sei lá que problemas com as conexões dos voos, e finalmente Leonardo chegou, bem tarde da noite, num avião que ninguém esperava.

Diante da porta da casa dos pais, vacilou:

– *Acordo eles? Não acordo?*

Fazia anos que vivia longe, o tempo do exílio, os anos cegos da ditadura militar, e estava louco de vontade de ver sua gente. Mas decidiu que era melhor esperar.

Desandou a caminhar pela calçada, a calçada da sua infância, e sentiu que as pedras reconheciam seus pés. Sua cabeça se encheu de notícias velhas e piadas ruins, e ele achava tudo novo e divertidíssimo. Era uma noite gelada de inverno, a cidade estava envolta em geada, mas ele agradecia aqueles ares do trópico.

Leonardo levou um bom tempo até perceber que estava carregando sua mala, e que a mala pesava mais que um cemitério inteiro. Então atravessou a rua, entrou no terreno baldio e sentou-se em cima da mala, de costas para uma parede.

O frio não o deixava dormir. Quando se levantou, viu, à luz da lua, que aquela parede estava cheia de cicatrizes: havia rabiscos e palavras, corações flechados, promessas de amor e ofensas de desamor, e até uma calúnia (*Maria tem celulite*).

E Leonardo também pôde ler umas letras meio borradas, que perguntavam:

E aí, onde é que você estava? Dizendo que palavras? Falando com quem?

Exilados

Haviam-se passado já uns tantos anos desde o fim da guerra da Espanha, mas os vencidos ainda a prosseguiam, nas tardes, discutindo aos berros nos cafés de Montevidéu; e pelas noites consolavam a derrota nas tavernas, cantando, abraçados, suas canções das trincheiras.

Um dos exilados, que havia lutado na frente republicana desde o princípio e até o final, me contava a guerra, passo a passo, na cozinha de sua casa. As batalhas aconteciam na toalha da mesa.

As colherinhas, o açucareiro, as xícaras de café com leite assinalavam as posições dos milicianos e das tropas de Franco. Uma colher se inclinava e disparava um tiro de canhão, que derrubava o pote de geleia, vermelho de sangue. Os copos, os tanques, avançavam rodando sobre as torradas, que, esmagadas, rangiam. Os aviões de Hitler despejavam laranjas e pães que estremeciam a mesa e arrasavam os palitos, que eram a infantaria. Naquela mesa do café da manhã, me doíam nos ouvidos e na alma o troar das bombas, a tormenta da metralha e os gemidos das vítimas.

A trama do tempo

Tinha cinco anos quando foi embora.
Cresceu em outro país, falou outra língua.
Quando regressou, já havia vivido muita vida.

Felisa Ortega chegou à cidade de Bilbao, subiu no alto do monte Artxanda e andou o caminho, que não havia esquecido, até a casa que havia sido a sua casa.

Tudo parecia pequeno, encolhido pelos anos; e lhe dava vergonha que os vizinhos escutassem os golpes de tambor que lhe sacudiam o peito.

Não encontrou seu triciclo, nem as poltronas de vime colorido, nem a mesa da cozinha onde sua mãe, que lia histórias para ela, havia cortado com uma tesourada o lobo que fazia Felisa chorar. Tampouco encontrou a sacada de onde havia visto os aviões alemães que iam bombardear Guernica.

Pouco depois, os vizinhos tiveram coragem de contar: não, aquela não era a sua casa. Sua casa tinha sido aniquilada. Aquela que ela estava vendo tinha sido construída sobre as ruínas.

Então, alguém apareceu, do fundo dos tempos. Alguém que disse:

– *Eu sou a Elena.*

As duas se gastaram de tanto se abraçar.

Muito haviam corrido, juntas, naqueles bosques e arvoredos da infância.

E Elena disse:

– *Tenho uma coisa para você.*

E trouxe uma travessa de porcelana branca, com desenhos azuis.

Felisa a reconheceu. Sua mãe oferecia, naquela travessa, os biscoitinhos de avelã que fazia para todos.

Elena a havia encontrado, intacta, entre os escombros, e tinha guardado durante cinquenta e oito anos.

O pé

Muitos não voltaram. Muitos dos cidadãos do mundo que marcharam para lutar pela república na Guerra Civil Espanhola ficaram debaixo da terra.

Abe Osheroff, da Brigada Lincoln, sobreviveu.

Um tiro havia arruinado uma de suas pernas. Com um pé quieto e outro pé caminhando, regressou ao seu país.

A Espanha foi sua primeira guerra perdida. E desde então, levado por seu pé andarilho, Abe não parou.

Apesar das traições e das derrotas, das tundas e dos cárceres, não parou. Um pé não podia, mas o outro pé queria e seguia. Um pé dizia: *eu fico por aqui*, mas o outro decidia: *por aqui eu te levo*. E uma e outra vez esse pé, o andante, voltava ao caminho, porque o caminho é o destino.

E esse pé carregava Abe através dos Estados Unidos, de ponta a ponta, de mar a mar, e o metia em uma encrenca atrás da outra, contra a caça às bruxas de MacCarthy e a Guerra da Coreia e contra a segregação racial e a pena de morte e o golpe de Estado no Irã e o crime da Guatemala e a carnificina do Vietnã e o banho de sangue da Indonésia e as explosões nucleares e o bloqueio a Cuba e o quartelaço no Chile e a asfixia da Nicarágua e a invasão do Panamá e os bombardeios do Iraque e da Iugoslávia e do Afeganistão e outra vez o Iraque e...

Abe já tinha noventa anos e continuava caminhante, quando seu amigo Tony Geist lhe perguntou, só por perguntar, como é que ele andava. Ele ergueu sua cabeça de leão de melena branca e sorriu, de orelha a orelha:

– *Ando desse jeito, com um pé na tumba e o outro pé bailando.*

O caminho de Jesus

Cravado de uma mão, Jesus de Nazaré estava dependurado nos restos de uma parede queimada. O outro Jesus, o de Cambre, estava pendurado num andaime.

Jesus Babío, nascido no povoado de Cambre, era mestre de obras, carpinteiro mestre, bombeiro mestre e mestre blasfemador. Fazia bem tudo que fazia, mas ele havia andado mundo e sabia muito bem que não havia no mundo quem pudesse superá-lo na arte da blasfêmia, que é, como a mística, uma arte espanhola. E a blasfemada pura estava Jesus, o de Cambre, reconstruindo a igreja de Santa Maria de Vigo, que havia sido incendiada pelos *rojos* nos anos da guerra, enquanto Jesus, o de Nazaré, negro de fuligem, escutava, sem mexer um músculo da face, aquelas homenagens:

– *Estou cagando para as dobradiças do sacrário e os cravos de Cristo e suas chagas e suas espinhas e estou cagando para a imaculada mãe que o pariu.*

De vez em quando, Ángel Vásquez de la Cruz se metia, a cavalo, na igreja em ruínas. Do alto do andaime, enquanto martelava alguma cunha de madeira, Jesus contava a ele, entre blasfêmia e blasfêmia, alguma história de suas viagens ao estrangeiro. Aquele operário errante havia trabalhado na Inglaterra, na Holanda, Noruega, Alemanha e até na Catalunha.

Seus relatos sempre acabavam do mesmo jeito. Apontava com o martelo o janelão, invadido pelos pássaros, e lá nos fundos mostrava a vereda do bosque de Cambre. Ninguém aparecia por lá, a não ser algum vizinho que levava, montado em lombo de burro, uma carga de lenha. A vereda não era nada além de um talho de poeira no meio das árvores.

– *Está vendo só?* – perguntava. E sentenciava: – *Eu andei por muitos caminhos. E estou cagando para o caminho do Calvário, o caminho de Santiago e para todas as autopistas. Porque, fique sabendo, é bom ficar sabendo, que tudo que tem para se ver no mundo, e no alto céu, passa por esse caminhozinho aí.*

Itinerário das formigas

As formigas do deserto assomam das profundezas e se lançam aos areais.

Buscam comida por aqui, por ali, e em suas andanças vão se afastando mais e mais de suas casas.

Muito depois regressam, de longe, carregando a duras penas os alimentos que encontraram onde não havia nada.

O deserto caçoa dos mapas. A areia, revirada pelo vento, nunca está onde estava. Nessa ardente imensidão, qualquer um se perde. Mas as formigas percorrem o caminho mais curto até sua casa. Marchando em linha reta, sem vacilar, voltam ao ponto exato de partida e escavam até encontrar o minúsculo orifício que conduz ao seu formigueiro. Jamais confundem o rumo, nem se metem em buraco alheio.

Ninguém entende como podem saber tanto esses cerebrozinhos que pesam um miligrama.

A rota dos salmões

Pouco depois de nascer, os salmões abandonam seus rios e vão para o mar.

Em águas longínquas passam a vida, até se lançarem à longa viagem de regresso.

Do mar, remontam os rios. Guiados por alguma bússola secreta, nadam contra a corrente, sem se deter nunca, saltando através das cascatas e dos pedregais. Após muitas léguas, chegam ao lugar onde nasceram.

Voltam para parir e morrer.

Nas águas salgadas, cresceram muito e mudaram de cor. Chegam convertidos em peixes enormes, que do rosa pálido passaram ao laranja avermelhado, ou ao azul de prata, ou ao verde-negro.

O tempo passou, e os salmões já não são o que eram. Tampouco seu lugar é o que era. As águas transparentes de seu reino de origem e destino estão cada vez menos transparentes, e cada vez se vê menos o fundo de cascalhos e seixos. Os salmões mudaram e seu lugar também mudou. Mas eles levam milhões de anos acreditando que o regresso existe, e que não mentem as passagens de ida e volta.

A pobreza

As estatísticas dizem que são muitos os pobres do mundo, mas os pobres do mundo são muito mais do que os muitos que parecem que são.

A jovem pesquisadora Catalina Álvarez Insúa mostrou um critério útil para corrigir os cálculos:

– *Pobres são os que têm a porta fechada* – disse.

Quando formulou sua definição, Catalina tinha três anos de idade. A melhor idade para assomar-se ao mundo, e ver.

A porta fechada

Das perdidas comunidades de El Gran Tunal, Pedro e seu burro, o Baixinho, foram para a Cidade do México.

Pedro ia mais a pé que montado, para não atormentar o cansado lombo de Baixinho. Já estavam, os dois, bem velhinhos; e a viagem era longa.

Caminhando os dias, pouco a pouco, chegaram enfim à grande praça central, o Zócalo. E se plantaram às portas do Palácio Nacional, onde mora o poder.

Esperaram pela audiência. Pedro e Baixinho vinham contar o que estava acontecendo e exigir justiça: encurralados em terras pedregosas e poeirentas, que lhes davam de comer o cardápio imutável de pedra e pó, os índios das comunidades de El Gran Tunal, oficialmente extintos, não apareciam nem nas estatísticas; e lá, a justiça ficava mais longe que a lua porque a lua, pelo menos, a gente vê.

Não houve jeito de botá-los para fora dali. Eram tirados da praça, e voltavam. Não tinha maneira. Nem por bem, nem por mal. Baixinho fazia cara de burro e Pedro fazia cara de não perca seu tempo, porque estamos nessa há cinco séculos.

No final de 1997, aos oitenta e sete anos de idade, quase morto de tanto respirar os ares envenenados da Cidade do México, Pedro precisou aceitar a primeira injeção de sua vida. E continuou acampado, enquanto Baixinho fazia ouvidos surdos às calúnias da imprensa, que o chamavam de *meio de transporte*.

Pedro e Baixinho residiram na intempérie, na frente do Palácio Nacional, durante um ano, dois meses e quinze dias. E então, deram a missão por cumprida.

A porta não tinha sido aberta, mas alguma coisa aqueles dois teimosos haviam conseguido: que sua gente deixasse de ser invisível.

Pouco depois de voltar, após a extenuante caminhada, Baixinho morreu. Ou talvez tenha se deixado morrer, porque na viagem comprovou que o poder era um senhor mais burro que ele. Desde então, divide uma nuvem, lá no alto do alto céu, com o cavalo branco de Emiliano Zapata.

Uma aula de Direito

Os pobres de tudo estão formando fila.

A lei acorda cedo, e hoje o doutor atende a partir da primeira hora.

O advogado vê que na fila está esperando uma anciã com um cacho de crianças e um bebê nos braços. Quando chega a sua vez, ela mostra seus papéis. As crianças não são seus netos: aquela mulher tem trinta anos e nove filhos.

Vem pedir ajuda. Ela havia levantado um barraco de lata e madeira em algum lugar das fraldas do Morro de Montevidéu. Achava que era terra de ninguém, mas era de alguém. E agora vão expulsá-la, pois chegou essa coisa que chamam de lançamento.

O advogado escuta. Examina os papéis que ela trouxe.

Balança a cabeça, demora a falar. Engole saliva e diz, olhando para o chão:

– *Lamento muito, minha senhora, mas... não há nada que se possa fazer.*

Quando ergue o olhar, vê que a filha mais velha, uma menina com ar de espanto, está tapando as orelhas com as mãos.

Uma aula de Medicina

Rubén Omar Sosa escutou a lição de Maximiliana num curso de terapia intensiva, em Buenos Aires. Foi a coisa mais importante de tudo que aprendeu em seus anos de estudante.

Um professor contou o caso. Dona Maximiliana, muito alquebrada pelos anos de labuta de uma longa vida sem domingos, estava há vários dias internada no hospital, e todo dia pedia a mesma coisa:

– *Por favor, doutor, o senhor podia medir minha pulsação?*

Uma suave pressão dos dedos no pulso, e ele dizia:

– *Muito bem. Setenta e oito. Perfeito.*

– *Está bem, doutor, muito obrigada. Agora, por favor, meça minha pulsação?*

E ele tornava a medir, e tornava a explicar que estava tudo bem, que melhor, impossível.

Dia após dia, a cena se repetia. Toda vez que ele passava pela cama de dona Maximiliana, aquela voz, aquele sussurro, o chamava, oferecia esse braço, esse raminho, uma vez, e outra vez, e outra.

Ele obedecia, porque um bom médico deve ser paciente com seus pacientes, mas pensava: *Essa velha é uma chata.* E pensava: *Deve estar faltando algum parafuso nessa cachola.*

Levou anos para entender que ela estava pedindo que alguém a tocasse.

Maternidade

Tertuliana Queiroz espera em algum lugar do Ceará.
Ela espera, seus filhos esperam.
Teve quinze.
Um, recém-nascido, ela deixou na porta da igreja. Outra, já crescidinha, ela trocou por uma vaca.
Em outros tempos, falava depressa. Agora, custa.
Sobraram oito, diz.
Conta nos dedos, sussurra nomes. Não, diz: sete.
Os outros morreram, de morte morrida ou de morte matada.
Olha para o céu, com olhos de sonâmbula.
Deus chamou eles, diz.
Já era costume.

Dia das Mães

Recebo, pelo correio, um folheto de ofertas para esse dia tão especial.

Aqui está o melhor que alguém pode dar de presente para a abnegada autora de seus dias. *Noites tranquilas*, promete o folheto, que a preços razoáveis vende alarmes de controle remoto, sirenas antivândalos, chaves eletrônicas de segurança, grades invulneráveis, câmaras de vigilância, sensores infravermelhos com lente tripla e sensores magnéticos para portas e portões.

Trajes de época

O vestuário do novo século pode ser admirado no centro de alta costura de Miguel Caballero, em Bogotá.

Essa jovem empresa, especializada na moda do tempo, é a mais exitosa do país. Vende muito, aqui e no estrangeiro; e dá muito dinheiro e muita inveja.

– *No meu ofício, não existe o direito ao erro* – explica o empresário, enquanto prova um novo modelo disparando uma pistola contra o peito de algum de seus empregados.

O medo já não está nu. Ao serviço da segurança pública e da elegância privada, Caballero produz roupa blindada.

Suas prendas, invulneráveis, estão protegidas por uma fibra sintética cinco vezes mais resistente que o aço. São oferecidos diversos pesos e desenhos: há camisetas de um quilo, capas de chuva de quatro; casacos de couro ou de pelo de camelo; ternos formais, roupa esportiva, coletes decorados com corações...

Indícios

Não se sabe se aconteceu há séculos, ou há pouco, ou nunca.

Na hora de ir para o trabalho, um lenhador descobriu que o machado tinha sumido. Observou o vizinho e comprovou que tinha o aspecto típico de um ladrão de machados: o olhar, os gestos, a maneira de falar...

Alguns dias depois, o lenhador achou o machado, que estava perdido num canto qualquer.

E quanto tornou a observar seu vizinho, comprovou que não parecia nem um pouco um ladrão de machados, nem no olhar, nem nos gestos, nem na maneira de falar.

Evidências

– Boa noite – saúda a voz grave, e à continuação anuncia o pior – *Medo, impotência, desamparo...*

A televisão oferece o seu mais bem-sucedido coquetel de sangue e pânico. O programa da TV Globo, que estremece milhões de brasileiros, relata as ferocidades da fauna criminosa contra a população indefesa.

Agosto de 1999: é a vez de Marcos Capeta, o herdeiro dos cangaceiros, o terror da Bahia.

Os atores profissionais dramatizam a história. Um primeiro plano mostra rostos atônitos de policiais. A fera aponta sua metralhadora, que num minuto dispara duas mil balas três vezes mais velozes que o som. A camionete policial explode. Na encenação, efeitos especiais: as chamas da explosão desenham, no ar, o rosto do assassino, que cinicamente sorri.

A televisão o acusa e julga. E o condena, sem ouvi-lo. Marcos Capeta está marcado para morrer. Não vai ser fácil. Ele é o chefe de um bando numeroso.

Desata-se a caçada fulminante. As forças da lei e da ordem se encarregam da execução.

No programa seguinte, a imensa teleplateia suspira e aplaude. As telas exibem o troféu. Após um longo combate, a sociedade tem um inimigo a menos.

Nilo Batista se deu o trabalho de ler o expediente judicial e o relatório policial. O foragido caiu, crivado de balas, numa casa solitária. Não tinha, nem jamais havia tido, nenhuma metralhadora, e seu bando numeroso consistia num menino de catorze anos, que foi morto ao seu lado.

A alegação

– *Declare a sua versão dos acontecimentos* – determinou o juiz.

O escrivão, as mãos nas teclas, transcreveu as palavras do acusado, conhecido pela alcunha de Parafuso, residente na cidade de Melo, maior de idade, estado civil solteiro, de profissão desempregado.

O acusado não negou sua responsabilidade no delito que lhe era imputado. Sim, ele havia estrangulado uma galinha que não era de sua propriedade. Alegou:

– *Tive de matá-la. Fazia tempo que minha pança roncava.*

E concluiu:

– *Foi em legítima defesa, senhor juiz.*

A sentença

Estávamos numa roda de vinhos, empadas e cantorias, com Perro Santillán, o Diablero Arias e outros amigos, quando alguém convidou o Petete, que já era finado, e o Petete veio virar uns tragos com a gente.

Eu não o conhecia, mas naquele meio-dia, bebendo e cantando com aquele baixinho barrigudo, nos fizemos amigos. E ele me contou que tinha morrido porque sendo pobre teve a péssima ideia de ficar doente. O diabetes atacou-o em plena noite e no hospital de Jujuy não havia insulina.

O cárcere

Em 1984, enviado por alguma organização de direitos humanos, Luis Niño percorreu as galerias do cárcere de Lurigancho, em Lima.

Luis mergulhou naquela solidão amontoada. A duras penas abriu caminho entre os presos esfarrapados ou nus.

Depois, pediu para falar com o diretor do cárcere. O diretor não estava. Foi recebido pelo chefe dos serviços médicos.

Luis disse que tinha visto alguns presos em agonia, vomitando sangue, e muitos mais fumegando de febres e comidos pelas chagas, e não havia visto nenhum médico. O chefe explicou:

– Nós, médicos, só entramos em ação quando os enfermeiros nos chamam.

– E onde é que estão os enfermeiros?

– Nós não temos orçamento para pagar enfermeiros.

A execução

A cadeira elétrica foi ensaiada pela primeira vez no dia 30 de julho de 1888.

Naquele dia, a cidade de Nova York, vanguarda do progresso universal, deixou para trás o costume bárbaro da forca e do verdugo encapuzado. A civilização inaugurou a morte científica, súbita, segura e sem dor.

Numerosos convidados presenciaram o acontecimento.

O prisioneiro, amordaçado e atado com grossas correias, recebeu uma descarga de trezentos volts. Sacudiu-se e gemeu, mas não morreu.

O dínamo lançou-lhe quatrocentos volts. Houve espasmos mais violentos. Continuava vivo.

Quando aplicaram setecentos volts, a mordaça de couro estalou, num jorro de sangue espumoso, e ouviu-se um uivo ronco e distante.

O quarto bombardeio o aniquilou.

O executado era um cachorro chamado Dash.

Tinha sido condenado, sem provas, por morder duas pessoas na rua.

Enterro de pobre

Conforme diz quem sabe, Malverde passou a ser chamado desse jeito porque se escondia no meio do verde e se disfarçava de árvore para despistar a polícia mexicana.

Há quem diga que esse ladrão que dividia o que roubava jamais existiu; mas ninguém nega que exista. Embora não seja santo do Vaticano, tem capela própria em Culiacán, a poucos passos do palácio onde governa o governo. O governo promete milagres. Malverde faz.

Da serra e do mar, chegam os peregrinos, que na capela deixam suas gratidões: as folhas do primeiro milho da minha colheita, meu primeiro camarão pescado nesta temporada, a bala que não me matou.

No altar, há uma fileira de limões. Cada crente leva um. Comidos sozinhos, os limões limpam a boca. Comidos com fé, limpam a alma e dão boa sorte.

A capela se ergue no lugar onde Malverde ficou estendido, quando foi crivado de balas. Isso aconteceu há muitos anos. Proibiram o enterro; e aí começou a chuva de pedras. De tudo que é canto vinha gente atirar pedras. A autoridade, feliz, via como a cidadania apedrejava o bandido. Uma alta pirâmide de pedras cobriu Malverde.

Mentindo castigo, o povo deu casa e abrigo.

Enterro de luxo

Jorge Aguilar, piloto de avião, ocupa um panteão de três andares, sempre aceso. Os vidros polarizados exibem uma decoração de asas de águia, que rende homenagem ao ofício e ao nome desse mártir da liberdade de comércio.

Tampouco sabe o que é escuridão o mausoléu de Lobito Retamoza, um panteão de seis colunas, iluminado por energia solar.

O doutor Antonio Fonseca, crivado de balas nas ruas de Guadalajara ao lado da esposa e de toda a sua escolta, jaz numa enorme cripta fosforescente, rodeado por grandes fotos de seus entes queridos e um retrato, todo colorido, de Jesus Cristo em atitude pensativa.

Está cheio de luz, e de anjos de mármore e brinquedos de plástico, o sepulcro dos filhinhos de Güero Palma, que foram atirados ao vazio, de uma grande altura, num injusto ato de vingança.

Os narcotraficantes e seus familiares habitam um bairro de luxo, os Jardins de Humaya, no cemitério de Culiacán. Todos os seus monumentos funerários têm telefone, para a eventualidade de que ressuscitem.

Os aniversários dos finados são celebrados ao longo de vários dias com suas noites todas, e as bandas de música tocam sem parar, acompanhando a bebedeira. São festas pacíficas. Somente uma vez soaram os tiros, mas foi porque um dos músicos, alegando cansaço, negou-se a continuar.

– *Desde aquele dia, não tem filarmônico que queira cair fora* – explica Ernesto Beltrán, cuidador e coveiro, enquanto recolhe as garrafas vazias.

A disciplina

O jurista e filósofo britânico Jeremy Bentham havia inventado uma aritmética moral que permitia medir o Bem e o Mal.

Contra o Mal criou, em 1787, o cárcere perfeito. Chamou-o de Panóptico. Era um grande cilindro de celas, dispostas na forma de anel ao redor de uma torre central. Da torre, o olho do vigilante vigiava, e os vigiados não podiam ver o olho que os via. O projeto de cárcere também podia servir de manicômio, fábrica, quartel ou escola.

Em muitos países do mundo foi posta em prática, nos anos seguintes, essa arquitetura do poder, que Bentham havia desenhado "para castigar os incorrigíveis, controlar os loucos, corrigir os viciados, isolar os suspeitos e fazer trabalhar os ociosos".

Quando morreu, cumpriu-se a sua última vontade. Bentham foi embalsamado, conforme queria: sentado em sua poltrona de sempre, vestido de negro, com uma bengala na mão. E assim esse domador do caos do mundo pôde continuar vigiando, durante muitos anos, as reuniões da junta diretora do University College de Londres. *Presente, mas não votante*, conforme registravam as atas das sessões.

O Mal

Na Colômbia, os peões o chamam de dom Sata. Ele presenteia facões que sozinhos cortam a cana, sem que a mão trabalhe. E vai farrear com eles, que se divertem até não poder mais e não sentem cheiro de enxofre nem medo do calorão.

Na Bolívia, os mineiros o chamam de Tio. A troco de charutos e aguardente, ele os conduz pelas entranhas das montanhas e oferece os melhores veios.

Na Argentina, as terras do norte são dele enquanto dura o carnaval. Na Quarta-feira de Cinzas, os endiabrados se desendiabam, enterram o dono da festa, o que nunca bebe água, e chorando se despedem dele até o ano que vem.

No Brasil, nas festas dos pobres, os tambores chamam esse convidado especial, vingador dos humilhados, sujeito de fama infame: rogam a ele que tenha a maldade de vir e viver no mundo, que é igualzinho ao inferno, mas com um clima melhor.

O Bem

Já é santo, quase anjo, José Maria Escrivá de Balaguer, que vela por nós lá no Céu.

Em vida, esse piedoso servo de Deus predicou o amor à guerra, denunciou os comunistas e os libertinos, odiou os homossexuais e os judeus, desprezou as mulheres e fundou o Opus Dei.

Muito antes que o Papa o nomeasse santo, o generalíssimo Francisco Franco o havia nomeado marquês, como recompensa pelos seus serviços. Enquanto Franco exterminava a república espanhola e aniquilava os hereges, Escrivá cantava para ele hinos de louvor e custodiava a paz de seu espírito.

No caminho da graça divina, fez numerosos milagres.

Seus milagres mais assombrosos ocorreram em 1996. Escrivá já era defunto e ainda não era santo, mas estava cuidando do assunto, e lá do Céu acudiu em auxílio das vítimas da insegurança cidadã. Em Guadalupe, no México, um devoto implorou ajuda ao seu santinho de papel, e no dia seguinte apareceu a camionete que uns ladrões tinham levado. E pouco depois, alguns fiéis rezaram para ele uma novena em Milão, na Itália, e seis automóveis roubados, últimos modelos de marcas prestigiadas, foram milagrosamente recuperados pelos seus proprietários.

Um profissional

Foi alicerce de seu lar, bengala de sua mãe, escudo de suas irmãs.

Nos fundos da casa, ao final de um longo corredor, havia um altar consagrado à Virgem. Ali reunia suas balas, suas balas rezadas, submersas na pia de água benta, e atava o escapulário ao peito, antes de sair para cumprir alguma missão. E lá ficavam, cravadas de joelhos diante do altar, a mãe e as irmãs. Durante horas e horas, debulhavam rosários suplicando uma ajudinha à Milagrosa, para que o trabalho do rapaz desse certo.

Seus trabalhos lhe deram fama e respeito nas ruas de Corinto e em outros povoados e cidades do vale do Cauca. Na Colômbia inteira não, porque a competição era grande.

Viveu chumbando gente, e chumbado morreu.

A não ser pelos quatro tiros em sua mulher, que foi assunto dele, sempre matou por conta dos outros. Meteu bala por encomenda de empresários, generais, herdeiros e maridos.

– *Que ninguém pense mal de mim* – dizia. – *O que eu faço, faço por dinheiro.*

Outro profissional

O general Arturo Durazo, que dirigia a polícia do México, recebia no fim do mês o salário dos dois mil policiais que tinham morrido ou que nunca tinham nascido. Também recebia uma comissão por cada grama de cocaína ou heroína que passava pelo país, e quem se fazia de distraído pagava com a mercadoria ou com a existência. Para arrematar sua renda, o chefe da ordem pública vendia, além disso, vagas de oficiais, a um milhão e meio de pesos a patente de coronel; mas dava de presente as de capitão aos cantores de quem gostava mais.

Em 1982, recebeu o título de Doutor Honoris Causa, e os jornais o exibiram vestido de toga e barrete.

Naquela altura, com a poupança de toda uma vida consagrada ao trabalho, o general Durazo tinha conseguido realizar o sonho das casas próprias. Tinha umas tantas no México e no mundo. De seus lares mexicanos, um exibia móveis da França, outro contava com um hipódromo inglês e discoteca de Nova York, outro reproduzia um chalé dos Alpes e não podia faltar uma cópia exata do Partenon, com piscina no centro.

Acabou preso, por causa do exagero.

Para triunfar na vida

Em 1999, de acordo com o jornal *The Times of India*, uma nova instituição educativa estava funcionando com êxito na cidade de Muzaffarnagar, a oeste do estado de Uttar Pradesh.

Ali era oferecida aos adolescentes uma formação especializada. Um dos três diretores, o pedagogo Susheel Mooch, tinha sob sua responsabilidade o curso mais sofisticado, que incluía, entre outras matérias, Sequestros, Extorsões e Execuções. Os outros dois diretores se ocupavam de matérias mais convencionais. Todos os cursos incluíam trabalhos práticos. Por exemplo, para o ensino do roubo em autoestradas, os estudantes, agachados e escondidos, atiravam algum objeto metálico sobre o automóvel que escolhiam: o impacto detinha o motorista surpreendido e então se realizava o assalto, que o docente supervisionava.

Essa escola havia surgido para dar resposta a uma necessidade do mercado e para cumprir uma função social. Segundo explicaram os responsáveis pela instituição, o mercado exigia níveis cada vez mais altos de especialização na área do delito, e a educação criminosa era a única formação profissional capaz de assegurar aos jovens um trabalho bem remunerado e permanente.

A notícia me deixou preocupado. Desde que a li, estive meditando sobre o assunto. Quantos mestres das escolas tradicionais poderão ser reciclados e se adaptar a essas exigências da modernidade?

Os mendigos

Para triunfar na vida, também os mendigos estudam.

Espiando a televisão, em bares e vitrines, os mendigos recebem lições dos mestres do ofício. Na telinha, eles assistem às aulas dadas pelos presidentes latino-americanos, que passam o pires nas conferências internacionais e que praticam a arte de implorar em suas periódicas peregrinações a Washington.

Assim, os mendigos aprendem que a verdade não é eficaz. Um bom profissional nunca pede algumas moedas para o vinho. Não, não: estende a mão suplicando uma ajudinha para levar a mãe anciã ao hospital, ou para pagar o caixão do filhinho que acaba de morrer, enquanto com a outra mão exibe a receita médica ou o atestado de óbito.

Os mendigos também aprendem que é preciso oferecer alguma coisa, em troca da esmola. Eles têm a rua como pátria, carecem de território: não há solos, nem subsolos, nem empresas públicas, que possam entregar. Mas podem retribuir a caridade com um lugarzinho no além, e é isso que fazem:

– *Não me obrigue a roubar, Jesus também foi pedinte, está lá na Bíblia, Deus lhe pague, Deus o tenha em sua Santa Glória, o senhor merece o Céu...*

O uniforme de trabalho

Centro e trinta e cinco anos depois de sua morte, Abraham Lincoln andava pelas ruas de Baltimore, Annapolis e outras cidades de Maryland.

Lincoln entrava numa loja qualquer. Tocando a aba do chapéu de copa, inclinava o corpo numa leve reverência. Estudava o panorama com seus inconfundíveis olhos melancólicos, enquanto coçava a barba acinzentada e sem bigodes, e depois tirava da casaca negra uma pistola Magnum 357. Em seu estilo direto, de homem que vai ao assunto e não fica dando voltas, dizia:

– *A bolsa ou a vida.*

Durante o mês de maio de 2000, Kevin Gibson assaltou onze lojas, sempre disfarçado de Abraham Lincoln, até que a polícia o agarrou e o meteu na cadeia.

Gibson está preso desde então. Tem muita cadeia pela frente. Ele se pergunta por quê. Afinal, não se disfarçam de Lincoln os políticos mais bem-sucedidos, para fazer mais ou menos a mesma coisa?

Assaltado assaltante

Na América Latina, as ditaduras militares queimavam os livros subversivos. Agora, na democracia, queimam-se os livros de contabilidade. As ditaduras militares desapareciam com as pessoas. As ditaduras financeiras desaparecem com o dinheiro.

Um belo dia, os bancos da Argentina se negaram a devolver o dinheiro dos clientes e poupadores.

Norberto Roglich havia guardado suas economias no banco, para que não fossem comidas pelos camundongos nem roubadas pelos ladrões. Quando foi assaltado pelo banco, dom Norberto estava muito doente, porque os anos não passam em vão, e a pensão da aposentadoria não dava para pagar os remédios.

Assim, não lhe restava outra saída: desesperado, invadiu a fortaleza financeira e sem pedir licença abriu caminho até a escrivaninha do gerente. Na mão, apertava uma granada:

– Ou me dão o meu dinheiro, ou vamos juntos pelos ares.

A granada era de brinquedo, mas fez o milagre: o banco entregou seu dinheiro.

Depois, dom Norberto foi preso. O promotor pediu de oito a dezesseis anos de prisão. Para ele, não para o banco.

Chama o ladrão!

Por ser aluna exemplar, a que melhor fazia seus deveres e tarefas, a Argentina tinha vendido até os leões do zoológico e as pedras das calçadas e devia uma vela a cada santo. Então, no princípio do ano de 2003, o Fundo Monetário Internacional e o Banco Mundial, que tanto haviam contribuído para estripar o país, enviaram uma missão para examinar suas contas do direito e do avesso.

Um dos membros da polícia financeira, Jorge Baca Campodónico, ia cuidar da evasão de impostos. Ele era um especialista no assunto. Sabia muito de fraudes porque estava acostumado a cometê-las. Assim que aterrissou em Buenos Aires, a Interpol o meteu na cadeia.

Aquele funcionário tinha ordem de captura.

Seus patrões, não.

Ladrões de palavras

De acordo com o dicionário dos nossos tempos, *uma boa ação* já não é o nobre gesto do coração, e sim a ação bem-cotada na Bolsa, e a Bolsa é o cenário onde acontecem as *crises de valores*.

O mercado já não é aquele cálido local onde a gente compra frutas e verduras no bairro. Agora se chama *Mercado* um senhor temível que não tem rosto, que diz ser eterno e nos vigia e nos castiga. Seus intérpretes avisam: *O Mercado está nervoso*, e avisam: *Não se deve irritar o Mercado*.

Comunidade internacional é o nome dos grandes banqueiros e dos chefes guerreiros. Seus *planos de ajuda* vendem salva-vidas de chumbo aos países que eles próprios afogam e suas *missões de paz* pacificam os mortos.

Nos Estados Unidos, o Ministério de Ataques se chama *Secretaria da Defesa*, e são chamados de *bombardeios humanitários* seus dilúvios de mísseis contra o mundo.

Num muro, escrito por alguém, escrito por todos, leio: "Estou com dor até na voz".

Furtos e rapinas

As palavras perdem o seu sentido, enquanto perdem sua cor o mar verde e o céu azul, que haviam sido pintados pela gentileza das algas que jorraram oxigênio durante três bilhões de anos.

E a noite perde suas estrelas. Já existem placas de protesto cravadas nas grandes cidades do mundo:

Não nos deixam ver as estrelas.

Assinado: *As pessoas.*

E no firmamento apareceram muitas placas que clamam:

Não nos deixam ver as pessoas.

Assinado: *As estrelas.*

Um caso dos mais comuns

Com seus muitos anos, dona Chila Monti já estava na fronteira entre a terra e o céu, mais perto da harpa que do violão.

O filho, Horácio, sabia disso, mas levou um susto quando a viu: seus olhos giravam, tinha o coração sufocado e as mãos tremelicantes. Com o pouco ar que lhe restava, dona Chila conseguiu sussurrar:

– *Fui roubada.*

Quando Horácio perguntou que coisas tinham sido roubadas, ela recuperou no mesmo instante a visão, a respiração e a pulsação. E a fala. Indignada, disse:

– *Coisas? Você sabe muito bem que eu não tenho nada. O que iriam levar? Eu vou-me embora com o que tiver vestindo, quando Deus me chamar.*

E pôs os pingos nos is:

– *Coisas, não. Os ladrões me roubaram as ideias.*

A memória roubada

Em 1921, os peões da Patagônia alçaram-se em greve. Então os fazendeiros chamaram o embaixador britânico que chamou o presidente argentino que chamou o exército.

A tiros de máuser, o exército acabou com a greve e com os grevistas também. Os peões foram atirados em valas comuns abertas nas fazendas, e na safra seguinte não sobrava vivo ninguém que soubesse tosar ovelhas.

O capitão Pedro Viñas Ibarra comandou as operações numa das fazendas. Meio século depois, quando o capitão já era coronel da reserva, Osvaldo Bayer falou com ele. Escutou a história oficial:

— Ah, sim — recordou o militar. — *A fazenda Anita. Aquele combate.*

Bayer queria saber por que aquele combate havia deixado seiscentos trabalhadores mortos e nenhum soldado morto, ou ferido, ou machucado.

E o braço armado da ordem, amavelmente, explicou:

— *O vento. A gente ficava a favor do vento. Por isso as nossas balas não desviavam. As balas deles, contra o vento, se perdiam.*

A memória comprada

Em 1839, o embaixador norte-americano em Honduras, John Lloyd Stephens, comprou a cidade maia de Copán, com deuses e tudo, por cinquenta dólares.

Em 1892, nas vizinhanças de Nova York, um chefe indígena iroquês vendeu as quatro faixas sagradas que sua comunidade guardava desde sempre. Como as ruínas erguidas nos matagais de Copán, aquelas faixas de conchinhas contavam a história coletiva. O general Henry B. Carrington comprou-as por setenta e cinco dólares.

Para branquear a República Dominicana, o general Rafael Leónidas Trujillo assassinou dezoito mil negros em 1937. Eram todos haitianos, como sua própria avó materna. Trujillo pagou ao governo do Haiti uma indenização de vinte e nove dólares por morto.

No ano de 2001, após vários processos pelos seus crimes, o general chileno Augusto Pinochet acabou pagando uma multa de 3.500 dólares. Um dólar por morto.

A memória queimada

Em 1499, em Granada, o arcebispo Cisneros atirou às chamas os livros que contavam oito séculos de cultura islâmica na Espanha, enquanto treze séculos de cultura judaica ardiam nas fogueiras da Inquisição.

Em 1562, em Iucatã, frei Diego de Landa mandou para a fogueira oito séculos de literatura maia.

Outros incêndios ocorreram antes no mundo, memórias arrojadas ao fogo, e muitos aconteceram depois.

No ano de 2003, quando as tropas invasoras concluíram a conquista do Iraque, os vencedores rodearam com tanques e soldados os poços de petróleo, as reservas de petróleo e o Ministério do Petróleo. Porém, os soldados assoviaram e olharam para o outro lado quando foram esvaziados todos os museus e foram roubados todos os livros de barro cozido que contavam as primeiras lendas, as primeiras histórias e as primeiras leis escritas no mundo.

Ato contínuo, foram queimados os livros de papel. A Biblioteca Nacional de Bagdá ardeu, e viraram cinza mais de meio milhão de livros. Muitos dos primeiros livros impressos em língua árabe e em língua persa morreram ali.

Tradições

Era a dor de cabeça da família, o pior estudante da classe. A vergonhosa situação parecia irremediável, até que o pai do péssimo aluno ofereceu um banquete ao professor. Após uma longa noite de louvores e homenagens, deleites do ouvido e da boca, o professor voltou para casa carregado de presentes. Na manhã seguinte, o pior estudante se converteu no melhor aluno.

Palavras mais, palavras menos, esta história, contada há mais de quatro mil anos, prova que o suborno é um dos costumes mais antigos da Civilização.

Foi descoberta nas margens do rio Eufrates. Havia sido narrada pelos sumérios, através de signos que pareciam pegadas de pássaros, desenhados com taquarinhas afiadas numa das milhares de tabuinhas de barro que desapareceram do Museu de Bagdá.

O pioneiro

Grandes Invenções da Humanidade: não se sabe quem inventou a roda que move as carroças e as máquinas, mas se sabe o nome do inventor da roda que move a economia. Foi Marco Licínio Crasso, nascido no ano 115 antes de Cristo.

Ele descobriu que a vitalidade do mercado depende do impulso mútuo entre a oferta e a demanda de bens e serviços.

Para pôr em prática essa lei do circuito econômico, fundou uma empresa em Roma.

Assim nasceu a primeira empresa privada de bombeiros.

Teve muito êxito.

Dom Marco Licinio provocava os incêndios e depois cobrava para apagá-los.

Outro pioneiro

Pepe Arias fundou a primeira empresa virtual. Meio século antes que nascessem os negócios *on line* e o índice Nasdaq, ele pôs à venda um terreno de quatro mil metros quadrados em pleno centro de Buenos Aires.

Pepe recebia os interessados com o contrato na mão, prontinho para ser assinado. Os recebia de pé, porque o espaço não dava nem para uma cadeira.

– *Onde está o terreno?* – perguntavam.
– *Aqui.*
– *Aqui?*
– *Sim, senhor* – explicava Pepe, erguendo os braços para o céu. – *São quatro mil metros quadrados, só que para cima.*

Modelos

Quando o final do milênio se aproximava, a imprensa do Uruguai difundiu a biografia de um compatriota exitoso, que brilhava com luz própria nos céus da internet. Pois muito fugaz acabou sendo o fulgor dessa nossa estrela do ciberespaço; mas enquanto durou, o presidente exortou a todos para que seguíssemos seu exemplo.

Esse empresário exemplar havia sido um menino-prodígio. Aos seis anos de idade, alugava seus brinquedos aos amigos do bairro, com tarifas por hora ou por dia. E aos dez anos, já havia fundado uma empresa de seguros e um banco: segurava utensílios escolares contra roubos e acidentes, e emprestava dinheiro, com uma razoável taxa de juros, a seus coleguinhas de escola.

Tecnologia de ponta

Já faz quase meio século que Levi Freistav chegou na Patagônia.

Chegou por casualidade ou por curiosidade. Caminhando essas terras e esses ares descobriu que seus pais tinham se enganado de mapa. E ficou para sempre.

Havia recém-chegado quando conseguiu trabalho num projeto de hidroponia. Um doutor de lá havia lido essa novidade em alguma revista e havia decidido colocá-la em prática.

Levi cavava, pregava e suava montando, dia após dia, a complicada estrutura dos cristais, ferros e tubos acanalados que era necessária para cultivar alfaces na água. Se fazem isso nos Estados Unidos, alguma razão haverá, dizia o doutor, pode apostar, não vai falhar, esse pessoal está na vanguarda da Civilização, a tecnologia é a chave da riqueza, nós estamos com séculos de atraso, é preciso correr para ficar em dia.

Naqueles tempos, Levi ainda era um homem do asfalto, desses que acreditam que os tomates nascem no prato e ficam zarolhos quando veem um frango cru caminhando. Mas um dia, contemplando as imensidões da Patagônia, teve a ideia de perguntar:

– *Escuta aqui, doutor: será que vale a pena? Será que, com tanta terra, vale a pena?*

Perdeu o emprego.

Ofertas

Era parecido com Carlos Gardel, mas depois da queda do avião. Tossia, ajeitava o nó do lenço que protegia sua garganta. O lenço tinha sido branco algum dia.

– *Eu não vendo nada!* – roncava.

Estava de pé em cima de um banquinho, na frente da Caixa dos Pensionistas de Montevidéu. Nas mãos, segurava uma caixa de papelão, atada com barbantes esfiapados como ele.

Alguns curiosos se aproximavam, todos velhos ou muito velhos. Também Pepe Barrientos, que sempre andava dando voltas pela cidade, meteu o nariz. Pouco a pouco, os curiosos iam virando multidão.

– *Eu não vendo nada!* – repetia o homem.

E quando chegou o momento, com gesto amplo e empolado ergueu a caixa de papelão e ofereceu-a aos céus:

– *Eu não vendo nada, senhoras e senhores! Porque isto aqui... isto aqui não tem preço!*

Os anciãos se apertavam, ansiosos, enquanto aqueles dedos ossudos desatavam, muito lentamente, com parcimônia de amante que demora o gozo, os barbantes que atavam o mistério.

E a caixa se abriu.

Dentro, havia papéis celofanes coloridos, enlaçados em forma de borboleta.

Cada celofane era uma mudança de vida. Havia mudanças verdes, azuis, lilases, vermelhas, amarelas...

– *À vontade!* – roncava o generoso. – *O senhor paga o que puder e leva uma vida nova! Um presente, senhoras e senhores! Mais barato que uma garrafa de vinho, que contém veneno, cárcere, manicômio...!*

Marketing

Salim Harari sempre tinha à mão um saquinho cheio de pimenta, infalível arma do Oriente para jogar nos olhos dos ladrões; mas nem os ladrões entravam. A loja, *A Lindalinda*, estava tão vazia como os estômagos de seus nove filhos.

Salim tinha vindo, da longínqua Damasco, vender de tudo, armazém de armarinhos e bugigangas, na cidade de Rafaela. Jamais se dava por vencido: o limoeiro não dava frutos e ele amarrava limões nos galhos; nenhum cliente aparecia e ele arrojava metros e metros de tecidos na rua:

– *Aqui, tudo é de presente!*

Chegavam notícias dizendo que um barco tinha afundado no rio Paraná e ele regava com água seus cetins, percais e tafetás, e os oferecia aos gritos:

– *Peças inteiras resgatadas do naufrágio!*

Mas nem assim. Não tinha jeito. As pessoas passavam, ninguém aparecia.

Foi longo o tempo da desgraça. Cada dia era pior que o anterior e melhor que o seguinte, até que certa noite Salim esfregou uma lamparina queimada e recebeu a visita de um duende vindo de seu remoto país. E o duende relevou a ele a fórmula mágica: era preciso cobrar entrada.

E então, sua sorte mudou. O povoado inteiro fazia fila.

O banqueiro exemplar

John Pierpont Morgan Junior era dono do banco mais poderoso do mundo e de outras oitenta e oito empresas. Como estava sempre muito ocupado, tinha esquecido de pagar seus impostos.

Estava há três anos sem pagar, desde a explosão da crise de 1929. Quando a notícia foi divulgada, arderam em fúria as multidões arruinadas pela catástrofe de Wall Street, e desatou-se um escândalo em todo o país.

Para mudar sua imagem de banqueiro de rapina, o empresário recorreu ao especialista em relações públicas do circo Ringling Brothers.

O especialista recomendou que ele contratasse um fenômeno da natureza, Lya Graf, uma mulher de trinta anos, que media sessenta e oito centímetros de altura mas não tinha cara nem corpo de anã.

Assim foi lançada uma gigantesca campanha de publicidade, centrada numa foto. A foto mostrava o banqueiro em seu trono, cara de papai bonzinho, com aquela miniatura humana sentada em seus joelhos. O símbolo do poder financeiro amparando a população, encolhida pela crise: essa era a ideia.

Não funcionou.

Uma aula de economia política

Os sons do realejo anunciavam que o beijueiro estava chegando ao bairro. Eram de trigo e de ar, e também de música, aqueles beijus crocantes que nos deixavam com água na boca.

A quantidade de beijus dependia da sorte. A troco de uma moeda, você fazia um disco girar, até que a agulha assinalasse o seu número de sorte: do zero ao vinte, se não me engano, você recebia nada, pouco, muito ou um banquete.

Jamais esquecerei a minha primeira vez. Paguei minha moeda, me ergui na ponta dos pés e fiz o disco girar. Quando o disco parou, consegui ver que a agulha apontava o vinte. E então o beijueiro meteu um dedo e sentenciou:

– *Zero*.

Protestei, em vão.

Eu já era capaz de contar até vinte com a ajuda das duas mãos, mas não sabia patavina de economia política.

Aquela foi a minha primeira lição.

O trabalhador exemplar

A poção Z não é uma novidade tecnológica na era da globalização do trabalho. É um antigo segredo das tradições do Haiti.

Explica-se assim:

De noite, as abelhas alimentadas com a poção Z cravam seus dardos no corpo de alguém que dorme.

Ao amanhecer, o inoculado não consegue se levantar.

Ao meio-dia, apaga-se feito uma vela.

Ao entardecer, seus entes queridos o levam, em andor, ao cemitério.

À meia-noite, o finado abre sua tumba e volta ao mundo.

O regressado, convertido em zumbi, perdeu a paixão e a memória. Trabalha sem horário nem salário, moendo cana ou erguendo paredes ou carregando lenha, os olhos idos, calada a boca: não se queixa nunca, nem exige nada, nem mesmo pede.

A mulher exemplar

Viveu obedecendo à missão bíblica e à tradição histórica.
Ela varria, lustrava, ensaboava, enxaguava, passava, costurava e cozinhava.
Às oito da manhã em ponto servia o café, com uma colherada de mel para o eterno ardor de garganta do marido. Ao meio-dia em ponto servia o almoço, consomê, purê de batata, frango cozido, pêssegos em calda, e às oito em ponto o jantar, com o mesmo menu.
Jamais se atrasou, jamais se antecipou. Comia em silêncio, porque não era mulher opinativa nem perguntativa, enquanto o marido contava suas façanhas presentes e passadas.
Depois do jantar, demorava, lavando os pratos lentamente, e entrava na cama rogando a Deus que ele já estivesse dormindo.
Naquele tempo já estava bastante difundida a máquina de lavar roupa, o aspirador elétrico e o orgasmo feminino, que tinham chegado pouco depois da penicilina; mas ela não acompanhava as novidades.

Escutava apenas as radionovelas, e era rara a vez em que saía do refúgio de paz onde vivia a salvo da violência do mundo.

Uma tarde, saiu. Foi visitar uma irmã doente.

Quando regressou, ao anoitecer, encontrou o marido morto.

Alguns anos depois, a abnegada confessou que esta história não havia terminado exatamente assim.

Contou outro final a um vizinho chamado Gerardo Mendive, que contou a um vizinho que contou a outro vizinho que contou a outro: ao voltar da casa da irmã, ela encontrou o marido caído no chão, arfando, revirando os olhos, a cara cor de tomate, e passou ao lado, se meteu na cozinha, preparou um inesquecível banquete de lulas em sua tinta e merluza à moda vasca, com uma sobremesa de torre alta de frutas e sorvetes, tudo isso regado com um vinho antigo e de boa cepa que tinha escondido, e às oito da noite em ponto, como era seu dever, serviu o jantar, se fartou de comer e de beber, confirmou que ele estava definitivamente quieto no chão, fez o pelo-sinal, vestiu-se de negro e telefonou para o médico.

O atleta exemplar

Foram dois os campeonatos mundiais de futebol disputados na Ásia, no ano de 2002. Num, jogaram os atletas de carne e osso. Noutro, e ao mesmo tempo, jogaram os robôs.

Os torneios mundiais de robôs acontecem, a cada ano, em um lugar diferente. Seus organizadores têm a esperança de competir, daqui a algum tempo, contra as seleções de carne e osso. Afinal, dizem, um computador já derrotou o campeão Gary Kasparov num tabuleiro de xadrez, e não custa tanto imaginar que os atletas mecânicos cheguem a conseguir uma façanha semelhante num campo de futebol.

Os robôs, programados por engenheiros, são sólidos na defesa e velozes no ataque. Jamais se cansam nem protestam, nem perdem tempo com a bola: cumprem sem chiar as ordens do técnico e nem por um instante cometem a loucura de acreditar que os jogadores brincam. E nunca dão risada.

Coroação

Não foram dois. Foram três: em 2002, também houve um terceiro campeonato mundial.

Consistiu em um único jogo, disputado nos picos do Himalaia no mesmo dia em que o Brasil consagrou-se campeão em Tóquio.

Ninguém ficou sabendo.

Mediram suas forças as duas piores seleções do planeta, e a última e a penúltima do *ranking* mundial: o reino de Butão e a ilha caribenha de Montserrat.

O troféu era uma grande copa prateada, que esperava na beira do gramado.

Os jogadores, nenhum famoso, todos anônimos, se esbaldaram para valer, sem outra obrigação a não ser se divertir muito. E quando os dois times acabaram o jogo, a copa, que estava colada pela metade, abriu-se em duas e foi pelos dois compartilhada.

O Butão havia ganho e Montserrat havia perdido, mas esse detalhe não tinha a menor importância.

O luto exemplar

Em alguma coisa são parecidos. No Brasil, como em todo lugar, os políticos mais populares, os milionários mais notórios, os ídolos do futebol, as estrelas da televisão e os gênios da música têm, todos, algo em comum: são, todos, mortais.

Jaime Sabino estudou o assunto muito bem. E cada vez que algum famoso cumpria seu destino, ele era o primeiro a ficar sabendo e o primeiro a aparecer. Na velocidade da luz, Jaime comparecia ao enterro do finado ou finada, fosse onde fosse, indo lá do subúrbio do Rio de Janeiro onde ele era humilde funcionário em uma repartição pública.

– *Venho representando os duzentos mil habitantes de Nilópolis* – dizia, e assim atravessava sem problemas todos os controles e os cordões de segurança, porque qualquer um pode parar uma pessoa, mas ninguém é capaz de proibir a passagem de duzentas mil.

De imediato, Jaime ocupava o lugar exato no momento exato.

Justo quando as câmaras de televisão acendiam suas luzes e os flashes dos fotógrafos explodiam, ele estava carregando no ombro o ataúde da glória nacional que havia deixado um vazio impossível de ser preenchido, ou aparecia esticando o pescoço, parado na ponta dos pés, entre os parentes mais próximos e os amigos mais íntimos. Sua cara compungida era inevitável nos noticiários e nos jornais.

Os jornalistas o chamavam de *papagaio de pirata*. Só de inveja.

A defunta milagrosa

Viver é um hábito mortal, e contra isso não há quem possa, e também dona Asunción Gutiérrez morreu, após um longo século de vida.

Parentes e vizinhos a velaram em sua casa, em Manágua. Já fazia tempo que haviam passado do pranto à festa, as lágrimas já tinham aberto espaço para as bebidas e as risadas, quando, no melhor da noite, dona Asunción ergueu-se no ataúde.

– *Seus bobalhões, me tirem daqui!* – ordenou.

E sentou-se para comer uma pamonhazinha, sem dar a menor importância a ninguém.

Em silêncio, os enlutados foram se retirando. As anedotas já não tinham mais quem as contasse, nem as cartas do baralho quem jogasse com elas, e a bebida tinha perdido seu pretexto. Velório sem morto não tem graça. As pessoas se perderam pelas ruas de terra, sem saber o que fazer com o que sobrava da noite.

Um dos bisnetos comentou, indignado:

– *É a terceira vez que a velha faz isso com a gente.*

A inflação

Tinha sido um vivente magro, mas na morte foi um balão.

Para fechar a tampa do ataúde, a parentada inteira precisou sentar em cima. E houve diversidade de opiniões sobre aquele engordamento súbito:

– *A morte incha.*

– *É o gás carbônico.*

– *É o gênio ruim.*

– *É a alma* – soluçou a viúva. – *A alma, que quer sair de dentro do terno.*

O terno, um *tweed* inglês, havia sido o único luxo da vida inteira do finado. Ele tinha mandado fazer, sob medida, para vestir sua morte, quando as corujas começaram a voar muito perto e ele viu que estava para chegar aos finalmentes.

Herança, não deixou. Nada. A família, que sempre havia vivido na pobreza, não notou a diferença.

Muitos anos depois, Nicola di Sábato assistiu ao desenterro de seu tio.

Pouco havia restado do defunto: os ossos e o terno em farrapos.

O terno estava todo recheado de dinheiro.

As notas, muitos milhares de notas, já não valiam mais nada.

O candidato exemplar

Não chorava recordando a infância desvalida, não beijava as crianças, não assinava autógrafos nem se fazia fotografar ao lado dos inválidos. Não prometia nada. Não infligia intermináveis discursos aos eleitores. Não tinha ideias de esquerda, nem de direita, e tampouco de centro. Era insubornável, desprezava o dinheiro, embora notoriamente lambesse os lábios diante dos ramos de flores.

Nas eleições de 1996, encabeçava as pesquisas. Era o candidato favorito à prefeitura do povoado de Pilar, e sua fama crescia em todo o nordeste do Brasil. As pessoas, fartas dos políticos que mentem até quando dizem a verdade, confiavam naquele jovem bovídeo artiodátilo, vulgarmente chamado de bode, de cor branca e barba no mesmo tom. Em seus atos públicos, Frederico dançava, erguido em duas patas, e dava convincentes cambalhotas ao ritmo da banda que o acompanhava pelos bairros.

Nas vésperas da vitória, amanheceu morto. Estava com a barba vermelha pelo sangue seco. Tinha sido envenenado.

O voto e o veto

Corria o ano de 1916, ano de eleições na Argentina.

No povoado de Campana, votava-se nos fundos do armazém de armarinhos.

José Gelman, carpinteiro de profissão, foi o primeiro a chegar. Ia votar pela primeira vez na vida, e o dever cívico inchava-lhe o peito. Naquela manhã, aquele imigrante que não havia conhecido outra coisa além do despotismo militar na longínqua Ucrânia iria ingressar na democracia.

Quando José estava pondo seu voto na urna, voto pelo Partido Radical, uma voz rouca paralisou sua mão:

– *Você está se enganando de pilha* – advertiu a voz.

E através da grade da janela surgiu uma carabina. O cano apontou a pilha correta, onde estavam as células do Partido Conservador.

O preço da democracia

Doris Haddock, trabalhadora aposentada, caminhou de Los Angeles até Washington: uma tartaruga atravessou os Estados Unidos, de costa a costa.

Ela se pôs a caminhar para denunciar a venda da democracia aos milionários que pagam as campanhas dos políticos; e caminhando, a cada passo, a cada etapa, seus discursos iam atraindo mais e mais gente.

Estava já há mais de um ano caminhando, frita pelos sóis, congelada pelos frios, voada pelos ventos, quando a neve a paralisou. Uma tremenda tormenta de neve despencou sobre as montanhas do oeste da Virgínia.

No povoado de Cumberland, Doris festejou seu aniversário. Noventa velinhas. E continuou a viagem, de esqui.

Esquiando viajou, através da neve, o último mês inteiro.

Enquanto nascia o século vinte e um, chegou à cidade de Washington. Uma multidão acompanhou-a até o Capitólio. Lá trabalham os legisladores, a mão de obra política das grandes empresas que retribuem seus serviços.

Da escadaria, Doris pronunciou um discurso lacônico. Apontando para o pórtico do Capitólio, disse:

– *Isto aqui está se transformando numa casa de putas.*

E foi-se embora.

Civilização e barbárie

Enquanto os deuses dormem, ou fingem dormir, as pessoas caminham. É dia de feira neste povoado perdido nos arredores de Totonicapán, e o vaivém é grande. De outras aldeias chegam mulheres carregando pacotes pelas veredas verdes. Elas se encontram na feira, hoje aqui, amanhã acolá, neste povoado e em outro, como dentes que vão rumo à boca, e conversando vão sabendo das novidades, lentamente, enquanto vendem, pouco a pouco, uma coisinha ou outra.

Uma velha senhora estende seu lenço no chão, e ali deita sua mercadoria: defumador feito de um cacto chamado nopal, tinturas de anil e de cochonilha, algumas pimentas bem picantes, ervas coloridas, um jarro de mel silvestre; uma boneca de pano e um boneco de barro pintado; faixas, cordões, fitas; colares de sementes, pentes de osso, espelhinhos...

Um turista, recém-chegado à Guatemala, quer comprar tudo.

Como ela não entende, ele explica com as mãos: *tudo*. Ela nega com a cabeça. Ele insiste: você me diz quanto quer, eu digo quanto pago. E repete: compro *tudo*. Fala cada vez mais alto. Grita. Ela, estátua sentada, se cala.

O turista, exausto, vai embora. Pensa: *Este país não vai chegar a lugar nenhum.*

Ela vê como ele se afasta. Pensa: *Minhas coisas não querem ir embora com você.*

O mercado global

Árvores cor de canela, frutos dourados.

Mãos de mogno envolvem as sementes brancas em pacotes de grandes folhas verdes.

As sementes fermentam ao sol. Depois, já desenvolvidas, o sol as seca, à intempérie, e lentamente as pinta da cor de cobre.

Então, o cacau inicia sua viagem pelo mar azul.

Das mãos que o cultivam até as bocas que o comem, o cacau é processado nas fábricas de Cadbury, Mars, Nestlé ou Hershey, e é vendido nos supermercados do mundo: por cada dólar que entra em caixa, três centavos e meio vão para as aldeias de onde o cacau vem.

Um jornalista de Toronto, Richard Swift, esteve numa dessas aldeias, nas montanhas de Gana.

Percorreu plantações.

Quando sentou-se para descansar, tirou de sua mochila umas barras de chocolate. Na primeira mordida, se viu rodeado de meninos curiosos.

Eles nunca tinham provado aquilo. Adoraram.

O governo global

No crepúsculo do século vinte e da sua própria vida, Julius Nyerere conversou com a comunidade internacional. Ou seja: os chefes do Banco Mundial o receberam em Washington.

Nyerere havia sido o primeiro presidente da Tanzânia, depois de muito lutar contra o poder colonial; e tinha acreditado na independência e havia querido que ela fosse muito mais que uma saudação à bandeira.

– *Por que o senhor fracassou?* – perguntaram a ele os altos especialistas internacionais.

Nyerere respondeu:

– *O Império Britânico nos deixou um país onde quase todos eram analfabetos e havia dois engenheiros e doze médicos. No final do meu governo, quase não havia analfabetos, e tínhamos milhares de engenheiros e médicos. Eu deixei o governo em 1985. Passaram-se treze anos. Agora, temos muito menos crianças nas escolas, um terço a menos, e a saúde pública e os serviços sociais estão na ruína. Nestes treze anos, a Tanzânia fez tudo que o Banco Mundial e o Fundo Monetário Internacional exigiram que fosse feito para modernizar o país.*

E Julius Nyerere devolveu a pergunta:

– *Por que os senhores fracassaram?*

A carga do homem branco

O capitão Léon Rom colecionava borboletas e cabeças humanas. As borboletas ele pregava na parede. As cabeças decoravam seu jardim. Outro oficial da tropa colonial, Guillaume Van Kerckhoven, competia com ele e dizia ser o maior especialista em decapitações.

O Congo, cem vezes maior do que a Bélgica, era propriedade pessoal do rei Leopoldo: uma fonte prodigiosa de borracha e marfim, uma imensa paisagem de escravos acorrentados, açoitados, mutilados, assassinados.

No ano de 1900, o diplomata inglês Roger Casement foi convidado para comer no Palácio Real de Bruxelas. Entre prato e prato, o rei Leopoldo falou das dificuldades tremendas que sua missão civilizadora enfrentava a cada passo. Era uma façanha impor a disciplina do trabalho a uma raça inferior, que ignorava a cultura do afazer, debaixo daquele sol africano que derretia as pedras.

O rei reconheceu que às vezes seus homens, homens de boa vontade, cometiam abusos. Era culpa do clima:

– *O calor, insuportável, enlouquece meus homens.*

Prodigiosa Ciência

Aos vinte e seis anos, entrou pela primeira vez numa sala de cirurgia.

Desde então, viveu entre salas de cirurgia e palcos.

De que cor é o alto do mundo? Da cor de neve. Para ser rei dos reis, o mais alto entre os altos, ele mudou de pele, de nariz, de lábios, de sobrancelhas e de cabelos. Pintou de branco sua pele negra, afinou seu nariz largo, seus lábios grossos e suas sobrancelhas povoadas e implantou cabelos lisos na cabeça.

Graças à indústria química e às artes da cirurgia, de injeção em injeção, de operação em operação, após vinte anos sua imagem ficou limpa da maldição africana. A Ciência havia derrotado a natureza.

Naquela altura, sua pele tinha a cor dos mortos, seu nariz muitas vezes mutilado havia sido reduzido a uma cicatriz com dois buracos, sua boca era um talho tingido de vermelho e suas sobrancelhas um desenho de susto, e cobria a cabeça com perucas.

Nada restava dele. Só o nome. Continuava se chamando Michael Jackson.

Prodigiosa burocracia

Sonia Pie de Dandré levanta-se muito cedo, porque o trabalho a obriga e também porque dá gosto respirar o dia, quando o dia está recém-nascido e tem cheiro de bebê.

Naquela manhã, ela caminhou, cantando baixinho, pelas ruas de São Domingos, molhadas de luz nova, e ficou entre as primeiras da fila, diante do guichê onde se retiram os passaportes. Quando recebeu o dela, viu que entre os dados figurava a cor da pele. *Triguenha*, dizia o documento.

Sonia é negra, e gosta de ser. Pediu que corrigissem o engano. Engano?

– *Neste país não há negros* – explicou o funcionário, negro, que tinha preenchido os formulários.

Esconjuros

Alexandra Schjelderup voltou do frio.

Há quinze anos vivia longe.

A primeira coisa que Alexandra fez, recém-chegada, foi ligar o rádio. Queria ouvir as novidades e as vozes de seu país. Um país, o Panamá, que deve aos seus indígenas as pamonhas salgadas que dão água na boca, as redes onde dorme suas sestas no ar e também as cores que exibe e as memórias que oculta.

O rádio estava transmitindo propaganda. Ouvia-se uma entrecortada conversa telefônica, puros ruídos incompreensíveis, uma mulher furiosa que perguntava: *Mas quem é esse índio que está ligando?*, e uma voz profissional que aconselhava: *Se não quiser ser confundido com um índio, compre já seu celular de Cable&Wireless.*

O Cristozinho

Dormia pouco ou nada a Menina Maria. Assim que a primeira luz assomava entre as montanhas, e até o final de cada noite, a Menina Maria estava pregada de joelhos na frente do altar, sussurrando suas rezas.

No centro do altar, reinava um pequeno Cristo moreno. O Cristozinho, escurecido pela fumaçarada dos círios, tinha cabelos de gente, cabelos negros do pessoal de lá. Os camponeses do vale do Conlara frequentavam muito aquele filho de Deus, que era tão parecido a eles.

A Menina Maria vivia mal, comida pelos cascões, mas todo dia banhava o Cristozinho com água de manancial, o cobria com flores do vale e acendia para ele os círios que o rodeavam. Ela nunca tinha casado. Em seus anos moços, tinha tomado conta de seus dois irmãos surdos-mudos; e depois tinha consagrado sua vida ao Cristozinho. Passava os dias cuidando da casa dele, e pelas noites velava o seu sono.

A troco de tudo isso, a Menina Maria jamais havia pedido nada.

Aos cento e três anos de idade, pediu. Nunca disse qual era o favor, mas contou a promessa:

– *Se meu Cristozinho me atender* – disse ela –, *vou pintar os cabelos dele de louro.*

Mão-santa

O doutor não tinha secretária, e acho que nem telefone. O consultório, sem música ambiente, nem tapete, nem reproduções de Gauguin nas paredes, não tinha nada além da maca, duas cadeiras, uma mesa e um diploma da Faculdade de Medicina.

Ele soube ser o curador mais milagroso do bairro de La Boca. Aquele cientista curava sem pílulas, nem ervas, nem nada. Vestido de dia a dia, sem avental de médico, ele começava perguntando assim:

– *E o senhor, qual a doença que quer ter?*

Santo remédio

Há dois séculos atrás, na cidade de Salvador, na Bahia, as famílias mais bem postas na vida convocavam todos os médicos que pudessem pagar ao redor do leito do moribundo.

Familiares e vizinhos se apinhavam no dormitório para escutar os galenos. Depois de examinar o enfermo, cada médico pronunciava uma conferência sobre o caso. Eram discursos solenes, que o público, a viva voz, ia comentando:

– *Apoiado!*
– *Não! Isso, não!*
– *Isso sim, muito bem!*
– *O doutor está muito enganado!*
– *Concordo, concordo!*
– *Mas que despropósito!*

Encerrada a primeira rodada, os facultativos tornavam a expor seus pontos de vista em novos discursos.

O debate demorava. Não muito: até os moribundos mais duros de morrer apressavam seu último suspiro, embora fosse de mau gosto interromper o trabalho da Ciência.

Outro santo remédio

Na América, o coco não foi plantado por ninguém. Plantou-se por conta própria. Solto de alguma árvore da Malásia, rodou pela areia e deixou-se levar pelas águas. Flutuando pelos mares do mundo, o coco navegante chegou à costa americana. Gostou destas praias, e desde então nos oferece seu suco curandeiro.

Andrea Díaz ia trotando, numa tardinha, pela beira do Pacífico, quando perdeu os joelhos, que saíram do lugar. No porto de Quepos, deram a ela água de coco:

– *Beba isso* – disse um bom homem que a tinha recolhido no caminho.

E explicou que não existe remédio melhor:

– *Adão e Eva só bebiam isso, e não tinham nenhuma doença.*

Ela obedeceu, mas não conseguiu ficar calada:

– *E como é que o senhor sabe disso?*

O homem olhou-a com pena:

– *Mas menina, está lá na Bíblia. Você não percebeu que no Paraíso não havia médicos? As doenças vieram depois dos médicos.*

Os milagres

No último rincão da Rua Mouffetard, em Paris, encontrei a igreja de São Medardo.

Abri a porta, entrei. Era domingo, passava do meio-dia. A igreja estava vazia, os rumores das últimas rezas já haviam se apagado. Havia uma faxineira, varrendo a missa, desempoeirando santos, e mais ninguém.

Percorri a igreja, de cabo a rabo. Na penumbra, busquei a ordenança real do ano de 1732: *Por ordem do Rei, é proibido Deus fazer milagres neste lugar.*

Carlitos Machado tinha me dito que a proibição estava gravada numa pedra, na entrada dessa igreja consagrada a um santo demasiado milagreiro. Procurei, não encontrei:

—*Ah!, não senhor. Não! De jeito nenhum!* — indignou-se a faxineira, armada de vassoura, coroada de rolos de cabelo, enquanto continuava, sem me olhar, sua tarefa.

— *Mas esta ordem do rei... nunca existiu?*

A limpadora me encarou:

— *Existir, existiu. Mas não está mais aqui.*

Apoiou as mãos no cabo da vassoura, e sobre as mãos, o queixo:

— *Uma coisa dessas não era de bom-tom para os crentes. O senhor haverá de entender.*

Agradeço o milagre

Na beira do altar, nas igrejas do México, acumulam-se os ex-votos. São imagens e letras, pintadas sobre latinhas, que dão *graças à Virgem de Guadalupe, porque as tropas de Pancho Villa violaram minha irmã mas não me violaram;*

graças ao Menino Jesus de Atocha, porque tenho três irmãs e eu sou a mais feia e me casei primeiro;

graças à Virgenzinha de Dolores, porque minha mulher fugiu com meu compadre Anselmo e agora ele vai pagar tudo que me fez nesta vida;

graças ao Dibino Rosto de Acapulco, porque matei meu marido i num me fisero nada.

Era assim. Assim continua sendo. Mas também se veem novidades, como os ex-votos que dão *graças a Nosso Senhor Jesus Cristo porque atravessei o rio e fui para os Esteites e num me afoguei nem mi morrerum.*

Alfredo Vilchis, chamado de Leonardo da Vilchis, pinta ex-votos por encomenda no mercado da Lagunilla. Seus Jesus Cristos têm, todos, a cara dele. E com frequência também pinta, para acompanhar as palavras de gratidão, arcanjos vestidos com uniformes de times de futebol. São muitos os clientes que se encomendaram ao Céu nas vésperas de jogos decisivos, e o divino poder outorgou a graça dos gols ao clube de seus amores, ou à seleção mexicana.

Mais além do além

No final do verão de 1996, José Luis Chilavert marcou um gol histórico em Buenos Aires. O goleiro paraguaio, que pegava gols e também fazia, chutou de muito longe, quase que do meio do campo: a bola voou para o céu, atravessou as nuvens e de repente caiu vertical em cima do gol adversário, e entrou.

Os jornalistas quiseram conhecer o segredo do chute: como é que a bola tinha feito aquela viagem incrível? Por que caiu lá das alturas em linha reta?

— *Porque bateu num anjo* — explicou Chilavert.

Mas ninguém teve a ideia de ver se a bola estava manchada de sangue. Ninguém prestou atenção. E assim perdemos a oportunidade de saber se os anjos parecem com a gente, nem que seja só nisso.

A Virgem

O passado como façanha dos machos: não existem mulheres na história oficial das ilhas Canárias.

Nenhuma? Existe uma.

Há séculos, antes que a Espanha conquistasse as ilhas, ela chegou ao litoral de Tenerife.

Chegou boiando sobre as águas, dormindo na espuma, e foi recolhida pelos pescadores. Quando falaram com ela, não houve resposta. Os pescadores a levaram ao rei da ilha. Diante do monarca, continuou muda. E quando os príncipes lutaram por ela, e disputando seus favores se mataram entre si, ela assistiu ao espetáculo sem mover uma pestana.

A única mulher da história das ilhas continua por lá. Seu nome é Maria, e é chamada de Candelária, pelos círios que a iluminam. É virgem e é de madeira. Os homens a adoram de joelhos.

As outras

Segundo o Evangelho de São Mateus, Jesus teve quarenta e seis antepassados: quarenta e um homens e cinco mulheres.

Uma das cinco mulheres, Maria, concebeu sem pecado, como todos nós sabemos. Mas as outras que figuram na árvore genealógica são

Tamar, que para ter um filho com o sogro se disfarçou de prostituta;

Rahab, que exercia esse ofício na cidade de Jericó;

Betsabé, que estava casada com outro quando engendrou Salomão no leito do rei Davi;

e Rute, que não pertencia à raça eleita e por isso foi indigna da fé do povo de Israel.

Três pecadoras e uma desprezada: malditas na terra foram as avós do filho do Céu.

Noite Boa

Espanha, de 24 ao 25 de dezembro de 1939:
— *É noite de Natal. Algum presente a gente vai ganhar* — dizia Javier, e ria sozinho.

Javier e Antón, prisioneiros das tropas franquistas, viajavam com as mãos atadas às costas. Os trancos do caminhão os empurravam um contra o outro, e de vez em quando os soldados os picavam com as baionetas.

Javier falava sem parar. Antón calava.

— *Para onde estão levando a gente?* — perguntava Javier, que na verdade perguntava por que eu, eu por que, se não sou comunista nem nada, se jamais na vida me meti com ninguém, se eu nunca andei metido nessas coisas da política, nunca, eu nunca, eu nada?

Num dos solavancos do caminho, ficaram grudados cara a cara, olhos nos olhos, e então Javier apertou as pálpebras e sussurrou:

— *Escuta, Antón. Fui eu.*

Mas não se ouvia nada. Os ruídos do caminhão não deixavam que se ouvisse nada. Quase gritando, Javier repetiu fui eu, fui eu:

— *Fui eu quem levou eles lá. Eu.*

Antón havia perdido o olhar na beira do caminho. Não havia lua, mas resplandeciam os bosques de Astúrias. E Javier dizia que tinha sido obrigado, que tinham deixado sua família inteira de joelhos, que iam matar todos eles, as crianças, todo mundo, e Antón continuava metido nos bosques que na negrura brilhavam com luz própria, esse fulgor que corria contra o caminhão.

Javier calou-se.

Só se escutava as tosses do motor e os trancos do caminho.

Depois, Javier repetiu:

– *Hoje é Noite Boa.*

E disse:

– *Que frio que está fazendo.*

Pouco depois, chegaram ao paredão.

Domingo de Páscoa

1973, Montevidéu, quartel do Nono de Cavalaria: noite dura. Rugidos de caminhões, rajadas de metralhadora, os presos no chão, boca abaixo, mãos na nuca, um fuzil cravado nas costas de cada um, gritos, chutes, golpes, ameaças...

Na manhã seguinte, um dos presos, que ainda não tinha perdido a conta do calendário, lembrou:

– *Hoje é domingo de Páscoa.*

Era proibido se juntar. Formar grupos, nunca.

Mas se juntaram. No meio do barracão, um grupo.

Os que não eram cristãos ajudaram. Alguns vigiavam os portões de grade e seguiam os passos dos soldados de guarda. Outros formaram um anel de gente que ia e vinha, caminhando como descuidado, ao redor dos celebrantes.

Miguel Brun sussurrou algumas palavras. Recordou a ressurreição de Jesus, que anunciava a redenção de todos os cativos. Jesus tinha sido perseguido, encarcerado, atormentado e assassinado, mas num domingo como aquele tinha feito trincar os muros, e os havia derrubado, para que toda prisão tivesse liberdade e toda solidão tivesse encontro.

Os presos não tinham nada. Nem pão, nem vinho, nem mesmo copos. Foi a comunhão das mãos vazias.

Miguel ofereceu ao que se havia oferecido:

– *Comamos* – sussurrou. – *Este é o seu corpo.*

E os cristãos levaram a mão à boca, e comeram o pão invisível.

– *Bebamos. Este é o seu sangue.*

E ergueram taça alguma, e beberam o vinho invisível.

História do medo

A lua tinha uma coisa para dizer à terra, e mandou um besouro.

O besouro já estava no caminho há alguns milhões de anos, quando no céu encontrou uma lebre.

– *Nesse andar, você não vai chegar nunca* – avisou a lebre, e se ofereceu para levar a mensagem.

O besouro passou-lhe a missão: era preciso dizer às mulheres e aos homens que a vida renasce, como renasce a lua.

E a lebre se lançou à terra correndo sem parar.

Na velocidade do raio aterrissou na selva do sul da África, que era onde as pessoas viviam naqueles tempos, e sem tomar fôlego transmitiu as palavras da lua. A lebre, que sempre está indo embora antes mesmo de ter chegado, falou em seu estilo atropelado. E as mulheres e os homens entenderam que ela estava dizendo:

– *A lua renasce, mas vocês não.*

Desde então, temos medo de morrer, que é o pai de todos os medos.

A arte de mandar

Um imperador da China, de quem não se sabe o nome, nem a dinastia, nem a época, chamou certa noite seu conselheiro principal, e confiou a ele a angústia que o impedia de dormir:

– Ninguém me teme – disse.

Como seus súditos não o temiam, tampouco o respeitavam. Como não o respeitavam, tampouco obedeciam.

– *Falta castigo* – opinou o conselheiro.

O imperador disse que ele mandava açoitar quem não pagasse o tributo, que submetia a suplício lento quem não se inclinasse ao seu passo e que mandava para a forca quem ousasse criticar seus atos.

– *Mas esses são os culpados* – disse o conselheiro. E explicou: – *O poder sem medo se desinfla como o pulmão sem ar. Se só se castiga os culpados, só os culpados sentem medo.*

O imperador meditou, em silêncio, e disse:

– *Estou entendendo.*

E mandou o verdugo cortar a cabeça do conselheiro, e determinou que toda a população de Pequim assistisse ao espetáculo na praça do Poder Celestial.

O conselheiro foi o primeiro de uma longa lista.

Anatomia do medo

Nasce o dia, tocado pelos dedos do sol.

Nos campos de El Salvador, as mulheres acendem os fogões e começam seus afazeres.

– *Como você amanheceu?* – perguntam, porque também elas, como o dia, amanhecem.

Pelos próprios corpos conhecem o que o novo dia lhes dará.

Nos anos da guerra, na hora do amanhecer, cada corpo de mulher era um mapa do medo. Se o medo oprimia seus peitos, algum de seus filhos não ia regressar. Se apertasse a barriga, o exército estava se aproximando. E se os rins doíam, ia faltar água no poço; e ia arriscar a vida quem saísse para buscá-la.

O susto

Quase que é engolida pelo rio.

Eufrosina Martínez estava lavando roupa, quando foi pega e arrastada pela correnteza. Ela salvou a vida, depois de muita agitação; mas perdeu a alma. O susto levou sua alma: a alma, morta de medo, foi-se nas águas.

Desde então, o corpo desalmado de Eufrosina já não conseguiu se mover, deixou de comer e de dormir, e já não soube distinguir a noite do dia.

Foi salva por um curandeiro da serra de Puebla. Quando a alma voltou do medo e se encontrou com seu corpo, Eufrosina levantou-se e tornou a caminhar sobre este mundo que às vezes derruba a gente como um rio furioso debaixo dos pés.

O bicho-papão

Brincando sem parar, todos misturados com todos, a criançada vivia em alegre misturança com os bichos e as plantas.

Mas um mau dia, alguém, algum caminhante, chegou até aquele resto de fazenda nos campos de Paysandú e trouxe o susto:

– *Cuidado, que o bicho-papão vem aí!*
– *O bicho-papão te pega e te leva!*
– *O bicho-papão te pega e te come!*

Olga Hughes notou os primeiros sintomas da peste. A doença que não tem farmácia havia atacado seus numerosos filhos. E então escolheu, entre seus numerosos cachorros, o mais raquítico, o mais inofensivo e o mais querido, e batizou-o de Bicho-Papão.

A flauta mágica

Pelas ruas, andava o médico salvador dos instrumentos que tinham perdido o corte e o fio.

O pé do afiador fazia girar a roda de esmeril, que arrancava uma chuva de chispas das lâminas de facas, canivetes e tesouras. Os meninos do bairro, um enxame de admiradores, eram o público do espetáculo. Eu entre eles.

Do mesmo jeito que o realejo que anunciava o homem dos beijus, a flauta era o pregão do afiador.

Os vizinhos diziam que se alguém estivesse pensando em alguma coisa e escutasse o som daquela flauta, mudava de opinião na mesma hora.

Já quase não restam afiadores nas ruas das cidades, suas flautas já não entram pelas janelas. Outros sons soam, músicas do medo, e é muita a gente que muda de opinião na mesma hora.

A peste

O barco deslizava para o sul, no mar sereno, ao longo da costa sueca.

Era uma esplêndida manhã de verão. Os passageiros, sentados na coberta, desfrutavam do sol e da brisa suave, enquanto esperavam a hora do café da manhã.

De repente, uma moça correu até a balaustrada e vomitou.

Então, a senhora que estava ao seu lado fez a mesma coisa. Em seguida, dois homens se levantaram e as imitaram. E um atrás do outro, foram vomitando todos os passageiros dos assentos de proa.

Os da popa riam daquele espetáculo ridículo; mas alguns não demoraram a enfiar os dedos na garganta, inclinando-se sobre o mar calmo, e outros os seguiram.

Ninguém conseguia não vomitar.

Victor Klemperer estava num dos últimos assentos. Para se defender da vomitadeira geral, concentrava-se pensando no seu próximo café da manhã: o café com creme, a geleia de laranja...

E chegou a vez dos que estavam atrás dele. Todos vomitaram. E ele também.

Klemperer esqueceu-se desta história. Ela voltou à sua memória alguns anos depois, na Alemanha, quando a ascensão de Hitler ia se tornando irrefreável.

Alarma vermelho

Sente pânico de invasão o jamais invadido, o perpétuo invasor.

Nos anos 80, o perigo se chamava Nicarágua. O presidente Ronald Reagan fumigava a opinião pública com os gases do medo. Enquanto ele falava pela televisão denunciando a ameaça, o mapa ia se tingindo de vermelho às suas costas. A torrente de sangue e de comunismo avançava pela América Central, subia pelo México e entrava, via Texas, nos Estados Unidos.

A teleaudiência não tinha a menor ideia de onde ficava a Nicarágua. E tampouco sabia que aquele país descalço tinha sido arrasado por uma ditadura de meio século, fabricada em Washington, e por um terremoto que apagou do mapa meia cidade de Manágua.

A fonte do terror tinha, no total, cinco elevadores e uma única escada rolante, que não funcionava.

Fábricas

Corria o ano de 1964, e o dragão do comunismo internacional abria suas sete bocas para tragar o Chile.

A publicidade bombardeava a opinião pública com imagens de igrejas queimadas, campos de concentração, tanques russos, um muro de Berlim em pleno centro de Santiago e guerrilheiros barbudos roubando crianças.

Houve eleições.

O medo venceu. Salvador Allende foi derrotado. Naqueles dias de dor, eu perguntei a ele o que havia doído mais. E Allende me contou o que havia ocorrido logo ali, numa casa vizinha, no bairro de Providência. A mulher que se esfolava naquela casa trabalhando como cozinheira, faxineira e babá a troco de um salariozinho havia metido numa sacola de plástico toda a roupa que tinha e depois havia enterrado tudo no jardim dos patrões, para que os inimigos da propriedade privada não a despojassem.

O encapuzado

Seis anos depois, e indo contra a correnteza, a esquerda ganhou as eleições no Chile.

– *Não podemos permitir...* – advertiu Henry Kissinger.

Passados mil dias, um quartelaço bombardeou o palácio de governo, empurrou Salvador Allende para a morte, fuzilou muitos mais e salvou a democracia assassinando-a.

Na cidade de Santiago, o estádio de futebol foi transformado em cárcere.

Milhares de presos, sentados nas tribunas, esperavam que seu destino fosse decidido.

Um encapuzado percorria as arquibancadas. Ninguém via a sua cara; ele via a cara de todo mundo. Aquele olhar disparava balas: o encapuzado, um socialista arrependido, caminhava, parava, apontava com o dedo. Os homens por ele marcados, que tinham sido seus companheiros, iam para a tortura ou para a morte.

Os soldados o levavam atado, com uma corda no pescoço.

– *Este encapuzado parece um cachorro com coleira* – diziam os presos.

– *Mas não é* – diziam os cachorros.

O professor

No pátio, um ruído de botas com esporas. Do alto das botas, trovejou a voz de Alcibíades Britez, chefe de polícia do Paraguai, um servidor da pátria que recebia os salários e também a comida dos policiais mortos.

Nu, estendido de boca para baixo sobre o charco de seu próprio sangue, o prisioneiro reconheceu a voz. Aquela não era a sua primeira estadia no inferno. Ele era interrogado, ou seja, metido na máquina de moer carne humana, toda vez que os estudantes ou os camponeses sem terra faziam alvoroço e cada vez que a cidade de Assunção aparecia cheia de panfletos não muito carinhosos com a ditadura militar.

A bota pegou-lhe um pontapé, fez com que rodasse pelo chão. E a voz do chefe sentenciou:

– *O professor Bernal... Você devia sentir vergonha. Olha só o exemplo que está dando a esses rapazes. Os professores não foram feitos para armar confusão. Os professores foram feitos para formar cidadãos.*

– *É isso que eu faço* – balbuciou Bernal.

Respondeu por milagre. Ele era um resto dele.

O moinho

Nelly Delluci atravessou muitas cercas de arame farpado à procura de um campo de concentração chamado La Escuelita, mas o exército argentino não tinha deixado nem um tijolo em pé.

Passou a tarde inteira procurando, em vão. E quando estava mais perdida no meio do descampado, perambulando a esmo, Nelly viu o moinho. Descobriu-o ao longe. Ao se aproximar, escutou a queixa do moinho açoitado pelo vento, e não teve dúvidas:

– *É aqui.*

Ao redor do moinho não se via nada além de pasto, mas aquele era o lugar. De pé na frente do moinho, Nelly reconheceu o gemido que quinze anos antes a havia acompanhado e havia acompanhado os outros presos, dia a dia, noite a noite, enquanto eram triturados na tortura.

E recordou: um coronel, farto da ladainha do moinho, tinha mandado amarrá-lo. As pás foram atadas com várias voltas de cordas grossas. O moinho continuou se queixando.

Ecos

Foi-se embora, mas ficou. Frei Tito estava livre, exilado na França, mas continuava preso no Brasil. Os amigos diziam a ele o que os mapas diziam, que o país de seus verdugos estava longe, do outro lado do oceano, mas aquilo não adiantava nada: ele era o país onde seus verdugos viviam.

Estava condenado à repetição cotidiana de seu inferno. Tudo que tinha acontecido com ele tornava a acontecer. Durante mais de três anos, seus torturadores não deram trégua. Fosse aonde fosse, nos conventos de Paris e de Lyon ou nos campos do sul da França, davam chutes em seu ventre e golpes de cabo de fuzil na sua cabeça, apagavam cigarros em seu corpo nu e metiam a máquina de choques elétricos nos seus ouvidos e na sua boca.

E não se calavam nunca. Frei Tito havia perdido o silêncio. Em vão buscava algum lugar, algum canto do templo ou da terra, onde não soassem aqueles gritos atrozes que não o deixavam dormir, nem o deixavam rezar suas orações que antes haviam sido seu ímã de Deus.

E não aguentou mais. *É melhor morrer do que perder a vida*, foi a última coisa que escreveu.

O goleiro

Ao meio-dia, diante do cais de Hamburgo, dois homens bebiam e conversavam numa cervejaria. Um era Philip Agee, que havia sido chefe da CIA no Uruguai. O outro era eu.

O sol, não muito frequente naquelas latitudes, banhava a mesa de luz.

Entre cerveja e cerveja, perguntei pelo incêndio. Alguns anos antes, o jornal onde eu trabalhava, *Época*, havia ardido em chamas. Eu queria saber se aquilo tinha sido uma gentileza da CIA.

Não, me disse Agee. O incêndio tinha sido um presente da Providência Divina. E contou:

– *Recebemos uma tinta estupenda para torrar rotativas, mas não pudemos utilizar.*

A CIA não tinha conseguido enfiar um agente nas oficinas do jornal, nem recrutar nenhum dos trabalhadores da nossa gráfica. Nosso chefe de oficina não deixava passar uma. Era um grande goleiro, reconheceu Agee. *A great goalkeeper.*

Era sim, disse a ele. Era.

Gerardo Gatti, com aquela cara de bondade crônica e sem remédio, era um grande goleiro. E também sabia jogar no ataque.

Quando nos encontramos em Hamburgo, Agee havia rompido com a CIA, uma ditadura militar governava o Uruguai e Gerardo tinha sido sequestrado, torturado, assassinado e desaparecido.

Perdas

Na Guatemala, em plena ditadura militar, a filha de dom Francisco foi capturada na serra de Chuacús. De madrugada, um oficial do exército arrastou-a até a casa de seu pai.

O oficial interrogou dom Francisco:

– *O que os guerrilheiros fazem está errado?*

– *Sim, está errado.*

– *E o que é que a gente tem de fazer com eles?*

Dom Francisco não respondeu.

– *A gente deve matá-los?* – perguntou o oficial.

Dom Francisco permaneceu calado, olhando o chão.

Sua filha estava de joelhos, encapuzada, com as mãos amarradas e com uma pistola cravada na cabeça.

– *A gente deve matá-los?* – insistiu o oficial.

E de novo. E dom Francisco não dizia nada.

Antes que a bala explodisse a cabeça da moça, ela chorou. Abaixou o capuz, chorou.

– *Chorou por ele* – conta Carlos Beristain.

Ausências

Mil cores exibe a morte no cemitério de Chichicastenango. Talvez as cores celebrem, nas tumbas floridas, o fim do pesadelo terrestre: esse sonho mau dos mandões e mandados que a morte acaba quando de um só tapa nos despe e nos iguala.

Mas no cemitério não há lápides de 1982, nem de 1983, quando foi o tempo da grande matança nas comunidades indígenas da Guatemala. O exército atirou esses corpos no mar, ou nas bocas dos vulcões, ou os queimou sabe-se lá em que valas.

As alegres cores das tumbas de Chichicastenango saúdam a morte, a Igualadora, que com igual cortesia trata o mendigo e o rei. Mas no cemitério não estão os que morreram por querer que também a vida fosse assim.

Encontros

Fazia pouco tempo que estava na fábrica, quando a máquina mordeu sua mão. Tinha deixado escapar um fio: querendo pegá-lo, Héctor foi pego.

E não aprendeu. Héctor Rodríguez passou a vida buscando fios perdidos, fundando sindicatos, juntando os dispersos e arriscando a mão e todo o resto no ofício de tecer aquilo que o medo destecia.

Crescendo no castigo, atravessou os anos das listas negras e os anos do cárcere e tudo o mais.

Quando chegou o último de seus dias, muitos de nós fomos esperá-lo nas portas do cemitério. Héctor ia ser enterrado na colina que se ergue sobre a praia de Buceo. Estávamos lá fazia algum tempo, naquele meio-dia cinzento e de muito vento, quando uns trabalhadores do cemitério chegaram carregando um ataúde sem flores nem cortejo de luto. E atrás daquele ataúde solitário entraram alguns dos que estavam esperando por Héctor.

Por engano? Erraram de ataúde? Quem sabe. Mas era bem do Héctor isso de oferecer os amigos ao morto que estava sozinho.

A porta

Carlos Fasano tinha passado seis anos conversando com um camundongo e com a porta da cela número 32.

O camundongo não era lá muito consequente, escapava e voltava quando queria, mas a porta estava sempre presente.

Depois, o cárcere se converteu num *shopping center* de Montevidéu. O centro de reclusão passou a ser um centro de consumo e suas prisões já não encerravam gente, mas ternos de Armani, perfumes de Dior e vídeos da Panasonic.

As portas das celas foram parar na barraca que as comprou.

Lá, Carlos encontrou sua porta. Não tinha número, mas reconheceu-a em seguida. Eram aqueles os talhos que ele havia cavado com a colher. Aquelas eram as manchas, as velhas manchas da madeira, os mapas dos países secretos onde ele havia viajado ao longo de cada dia da prisão.

Agora a porta se ergue, à intempérie, no alto de uma colina onde é proibido trancar.

A memória

Lutou, foi ferido, caiu preso.

Já o haviam deixado bastante morto nas câmaras de tortura, quando um tribunal militar condenou-o a acabar de morrer.

Entendeu que estava sozinho. O que restava dele tinha sido esquecido pelos companheiros.

Deixado de todos, esperava que a morte concluísse o seu trabalho.

Na solidão do calabouço, falava com a parede.

Mas antes da morte chegou o fim da guerra; e foi libertado.

E nas ruas da cidade de San Salvador continuou conversando com as paredes, e dava murros e cabeçadas nelas porque não lhe respondiam.

Foi parar num manicômio. Lá, o deixaram amarrado na cama. Já nem com as paredes falava.

Norma, que anos antes tinha sido sua amiga, foi visitá-lo. Então, o desamarraram. Ela deu a ele uma maçã. Sem dizer palavra, ele ficou olhando a maçã em suas mãos, aquele mundo vermelho e luminoso, e pouco depois despedaçou a maçã com os dentes e levantou-se e distribuiu pedacinhos, cama a cama, entre todos.

Foi assim que Norma ficou sabendo:

– *Luís está louco, mas continua sendo o Luís.*

Tik

No verão de 1972, Carlos Lenkersdorf escutou essa palavra pela primeira vez.

Havia sido convidado para uma assembleia dos índios tzetales, no povoado de Bachajón, e não entendia nada. Ele não conhecia o idioma, e a discussão, muito animada, soava como chuva louca.

A palavra *tik* atravessava aquela chuva. Todos diziam e repetiam, *tik, tik, tik,* e seu repicar se impunha na torrente das vozes. Era uma assembleia em clave de *tik.*

Carlos havia andado muito mundo, e sabia que a palavra *eu* é a que mais se usa em todos os idiomas. *Tik*, a palavra que brilha no centro dos dizeres e viveres dessas comunidades maias, significa *nós.*

Colibri

Em alguns casarios perdidos nos Andes, os memoriosos se lembram de quando o céu estava montado sobre o mundo.

Tínhamos o céu tão em cima da gente que as pessoas caminhavam agachadas, e não dava para empinar sem dar uma cocada. No primeiro revoar de asas se chocavam contra o teto. A águia e o condor arremetiam com todo seu ímpeto, mas o céu nem ligava.

O tempo do esmagamento do mundo terminou quando um relampagozinho bailarino abriu caminho no pouco ar que havia. O colibri picou a bunda do céu com seu bico de agulha e a bicadas obrigou-o a subir e a subir e a subir até as alturas onde está agora.

A águia e o condor, aves poderosas, simbolizam a força e o voo. Mas foi o mais pequenino dos pássaros quem libertou a terra do peso do céu.

Sex symbol

O pulgo não faz ostentação. Não alça mastros, torres, obeliscos nem arranha-céus. Tampouco fabrica fuzis, canhões ou mísseis.

O pulgo, amante da pulga, não precisa inventar nenhum símbolo fálico, porque já traz o dele: mede nada menos que um terço de seu corpo, o tamanho mais impressionante de todo o reino deste mundo, e é enfeitado com peninhas.

Os machos humanos, mandões e matadores, estão há milhares de anos ocultando esta humilhante informação.

O leão e a hiena

O leão, símbolo da valentia e da nobreza, vibra nos hinos, flameja nas bandeiras e guarda castelos e cidades. A hiena, símbolo da covardia e da crueldade, não vibra, não flameja nem guarda coisa alguma. O leão dá nome a reis e plebeus, mas não há notícia de alguma pessoa que tenha se chamado ou se chame Hiena.

O leão é um mamífero carnívoro da família dos felídeos. O macho se dedica a rugir. São as fêmeas que caçam um veado, uma zebra ou algum outro bicho indefeso ou distraído, enquanto o macho espera. Quando a comida está pronta, o macho se serve primeiro. Do que sobra, comem as fêmeas. No final, se é que ainda sobra alguma coisa, comem os filhotes. Se não sobrar nada, azar deles.

A hiena, mamífero carnívoro da família dos hienídeos, tem outros costumes. É o cavalheiro quem traz a comida; e ele come por último, depois que as crianças e as damas tenham se servido.

Para elogiar, dizemos: *É um leão*. E para insultar: *É uma hiena*. A hiena dá risada. Tem seus motivos.

O morcego

O conde Drácula deu-lhe a má fama.

Embora Batman tenha feito o possível para melhorar sua imagem, o morcego ainda provoca mais terror que gratidão.

Mas o símbolo do reino das trevas não atravessa a noite à procura de pescoços humanos. Na realidade, o morcego nos faz o favor de combater a malária comendo mil mosquitos por hora, e para completar a refeição tem a gentileza de devorar os insetos que matam as plantas.

Apesar das nossas calúnias, esse eficiente pesticida não nos adoece de câncer nem cobra nada pelos seus serviços.

O tubarão

No cinema e na literatura, esse monstro arteiro e sanguinário navega pelos mares do mundo, com sua bocarra sempre aberta e sua dentadura de mil punhais: pensa em nós e lambe os beiços.

Fora do cinema e da literatura, o tubarão não mostra o menor interesse pela carne humana. É rara a vez em que nos ataca, a não ser em legítima defesa ou por engano. Quando algum tubarão muito míope nos confunde com um delfim ou um lobo marinho, dá uma mordida e cospe com asco: somos de muito osso e pouca carne, e nossa carne tem um sabor horroroso.

Os perigosos somos nós, e sabem bem os tubarões; mas os tubarões não fazem filmes, nem escrevem livros.

O galo

O célebre galo de Morón não era heraldo nem símbolo do novo dia.

Era, dizem, juiz, ou arrecadador de tributos, ou o enviado do rei. Chamava-se Galo, de sobrenome, e pisando duro no chão e nas gentes, dizia:

– *Onde este galo canta, os outros se calam.*

Adulador e humilhador, lambia para cima e cuspia para baixo.

Durante anos calaram-se os calados, até que um belo dia assaltaram o palacete onde se exercia o abuso, agarraram o abusador, arrancaram suas roupas e correram com ele, nu, de lá para fora, a pedradas, pelas ruas.

Aconteceu, dizem que aconteceu, há uns cinco séculos, em Morón de la Frontera, mas qualquer um que visite a cidade pode ver aquele galo depenado, esculpido em bronze, correndo até hoje. É uma advertência: tome cuidado, você, embriagado pelo poder ou o poderzinho, pois pode acabar feito o galo de Morón, sem plumas e cacarejando, quando chegar a hora da verdade.

A galinha

Comparando os dados da organização Veterinários sem Fronteiras e da Força Aérea dos Estados Unidos, chega-se à conclusão de que a galinha e o avião de guerra não são lá muito parecidos:

a galinha tem forma de galinha e se chama Galinha, e o avião de guerra B-2A tem forma de morcego e se chama Espírito;

a galinha não custa mais do que cinco ou seis dólares, e o avião custa dois bilhões e duzentos milhões;

a galinha pode chegar a percorrer um quilômetro, quando está em sua melhor forma, e o avião duplica a velocidade do som e viaja a doze mil e oitocentos quilômetros sem se reabastecer;

a galinha não voa nem a um palmo do solo, e o avião se eleva a mais de quinze mil metros;

a galinha põe um ovo por dia, e o avião põe dezoito toneladas de bombas, guiadas por satélite.

As pombas

Sylvia Murninkas estava patinando pela costa de Montevidéu, numa serena tarde de luzes, o céu sem nuvens, o ar sem vento, quando escutou ruídos de guerra.

O combate acontecia no hotel Rambla. O térreo do hotel, em plena reforma, estava em escombros, e sobre o lixo de entulhos e farpas havia um tapete de plumas brancas.

Sylvia retrocedeu assustada. Os símbolos da paz estavam se matando a bicadas: lançavam-se em revoada, se trançavam no ar, se estrelavam contra os janelões e voltavam, banhados em sangue, outra vez ao ataque.

Heróis

De longe, os presidentes e os generais mandam matar.

Eles não lutarão nenhum combate além das guerras conjugais.

Não derramarão mais sangue do que o de algum corte ao fazer a barba.

Não vão respirar outro gás venenoso além do que seus automóveis cospem.

Não afundarão no barro, por mais que chova em seus jardins.

Não vomitarão por causa do cheiro dos cadáveres apodrecendo ao sol, mas por causa de alguma intoxicação de hambúrgueres.

Não se atordoarão pelas explosões despedaçando gentes e cidades, mas pelos foguetes que celebrarão a vitória.

Não serão acossados pelos olhos das vítimas invadindo seu sonho.

O guerreiro

Em 1991, os Estados Unidos, que tinham acabado de invadir o Panamá, invadiram o Iraque porque o Iraque havia invadido o Kuwait.

Timothy McVeigh foi desenhado para matar e programado para aquela guerra. Nos quartéis foi instruído. Os manuais mandavam gritar:

– *O sangue faz a grama crescer!*

Com esse propósito ecologista, o mapa do Iraque foi regado de sangue. Os aviões jogaram bombas como em cinco hiroshimas, e depois os tanques enterraram vivos os feridos. O sargento McVeigh esmagou uns tantos naquelas areias. Inimigos de uniforme, inimigos sem:

– *São danos colaterais* – disseram a ele que dissesse.

E foi condecorado com a Estrela de Bronze.

Ao regresso, não foi desprogramado. Em Oklahoma, liquidou 168. Entre suas vítimas havia mulheres e crianças.

– *São danos colaterais* – disse ele.

Mas não puseram outra medalha em seu peito. Puseram uma injeção em seu braço. E ele foi desativado.

Terra que arde

Na madrugada do dia 13 de fevereiro de 1991, duas bombas inteligentes arrebentaram uma base militar subterrânea num bairro de Bagdá.

Só que a base militar não era uma base militar. Era um refúgio, cheio de gente que dormia. Em poucos segundos, converteu-se numa grande fogueira. Quatrocentos e oito civis morreram carbonizados. Entre eles, cinquenta e duas crianças e doze bebês.

O corpo inteiro de Khaled Mohamed era uma chaga ardente. Achou que estava morto, mas não. Abrindo caminho, apalpando, conseguiu sair. Ele não enxergava. O fogo havia grudado suas pálpebras.

O mundo também não enxergava. A televisão estava ocupada exibindo os novos modelos das máquinas de matar que aquela guerra estava lançando no mercado.

Céu que troa

Depois do Iraque, foi a Iugoslávia.

De longe, do México, Aleksander escutava pelo telefone a fúria da guerra sobre Belgrado. Quando os telefones funcionavam, às vezes sim, às vezes não, ele recebia a voz de Slava Lalicki, sua mãe, que mal se fazia ouvir no meio do estrépito das bombas e do alarido das sirenes.

Choviam mísseis sobre Belgrado, e cada explosão se repetia muitas vezes na cabeça de Slava.

Noite após noite, durante setenta e oito noites da primavera de 1999, ela não conseguiu dormir.

Quando a guerra acabou, também não:

– *É o silêncio* – dizia ela. – *Este silêncio insuportável.*

Os outros guerreiros

Enquanto os mísseis eram padecidos pela Iugoslávia, celebrados pela televisão e vendidos pelas lojas de brinquedos do mundo inteiro, dois garotos realizaram o sonho da guerra própria.

Na falta de inimigo, escolheram o que estava mais à mão. Eric Harris e Dylan Klebold mataram treze e deixaram um rastro de feridos, na cafeteria do colégio Columbine, onde estudavam. Foi em Littleton, uma cidade que vive da fábrica de mísseis da empresa Lockheed. Eric e Dylan não usaram mísseis. Usaram pistolas, rifles e munições que compraram no supermercado. E depois de matar, se mataram.

A imprensa informou que haviam colocado, além do mais, duas bombas de propano, para mandar pelos ares o colégio com todos os seus ocupantes, mas as bombas não explodiram.

A imprensa quase não mencionou o outro plano que tinham, de tão absurdo que era: aqueles jovens apaixonados pela morte pensavam em sequestrar um avião e explodi-lo contra as torres gêmeas de Nova York.

Bem-vindos ao novo milênio

Dois anos e meio depois do tiroteio no colégio, as torres gêmeas de Nova York desmoronaram feito castelos de areia.

Esse ataque terrorista matou três mil trabalhadores.

O presidente George W. Bush recebeu, assim, licença para matar. Proclamou a guerra infinita, guerra mundial contra o terrorismo, e num instante invadiu o Afeganistão.

Esse outro ataque terrorista matou três mil camponeses.

Fogos, explosões, alaridos, maldições: as telas da televisão explodiam. A cada dia repetiam a tragédia das torres, que se confundia com a explosão das bombas que caíam sobre o Afeganistão.

Num povoado perdido, longe do manicômio universal, Naúl Ojeda estava sentado no chão, ao lado de seu neto de três anos. O menino disse:

– *O mundo não sabe onde está a sua casa.*

Estavam olhando uns mapas.

Podiam ter estado assistindo a um noticiário.

Noticiário

A indústria do entretenimento vive do mercado da solidão.

A indústria do consolo vive do mercado da angústia.

A indústria da insegurança vive do mercado do medo.

A indústria da mentira vive do mercado da estupidez.

Onde medem seus êxitos? Na Bolsa.

Também a indústria de armas. A cotação de suas ações é o melhor noticiário de cada guerra.

A informação global

Poucos meses depois da queda das torres, Israel bombardeou Yenin.

Esse campo de refugiados palestinos ficou reduzido a uma imensa cratera, cheia de mortos debaixo das ruínas.

A cratera de Yenin tinha o mesmo tamanho que a das torres de Nova York.

Mas, quantos a viram, além dos sobreviventes que revolviam os escombros à procura de sua gente?

A guerra infinita

Como era de costume, o presidente do planeta meditou.
Meditou assim:
Para acabar com os incêndios florestais, é preciso tombar os bosques;
para acabar com a dor de cabeça, é preciso decapitar o afetado;
para libertar os iraquianos, vamos bombardear até transformá-los em purê.
E assim, depois do Afeganistão, foi a vez do Iraque.
Outra vez o Iraque.
A palavra petróleo não foi mencionada.

A informação objetiva

O Iraque era um perigo para a humanidade. Por causa e culpa de Saddam Hussein haviam caído as torres, e a qualquer momento esse tirano terrorista ia arrojar uma bomba atômica na esquina da nossa casa.

Disseram isso. Depois, ficou-se sabendo. As únicas armas de destruição em massa eram os discursos que inventaram a sua existência.

Mentiram esses discursos, mentiram a televisão, os jornais e as rádios.

Não mentiram, porém, as bombas inteligentes, que parecem tão burras. Estripando civis desarmados, que voaram aos pedaços nos campos e nas ruas do país invadido, as bombas inteligentes disseram a verdade dessa guerra.

Ordens

Ocorreu no dia onze de setembro do ano de 2001, quando o avião sequestrado atacou a segunda torre de Nova York.

Nem bem a torre começou a ranger, as pessoas fugiram voando escadarias abaixo.

Em plena fuga, soaram de repente os alto-falantes.

Os alto-falantes mandavam os empregados voltar aos seus postos de trabalho.

Salvaram-se os que não obedeceram.

O artilheiro

O primeiro-ministro de Israel tomou a decisão. Seu ministro de Defesa a transmitiu. O chefe do Estado-Maior explicou que ia aplicar quimioterapia contra os palestinos, que são um câncer. O general de brigada decretou o toque de recolher. O coronel ordenou o arrasamento dos casarios e dos campos semeados. O comandante de divisão enviou os tanques e proibiu a passagem de ambulâncias. O capitão ditou a ordem de fogo. O tenente mandou o artilheiro disparar o primeiro míssil.

Mas o artilheiro, esse artilheiro, não estava. Yigal Bronner, último elo na corrente de mando, havia sido mandado para a prisão por negar-se à matança.

Outro artilheiro

Havia sido pedreiro desde menino. Quando fez dezoito anos, o serviço militar obrigou-o a interromper o ofício.

Foi destinado à artilharia. Um dia, num treino de tiro de canhão, mandaram que ele disparasse contra uma casa vazia.

Era uma casa qualquer, sozinha no meio do campo. Ele tinha aprendido a fazer pontaria, e todo o resto; mas não conseguiu. E aos gritos repetiram a ordem; mas não. Não teve jeito. Não disparou.

Ele havia construído muitas casas como aquela. Teria podido explicar que uma casa tem pernas, afundadas na terra, e tem cara, como nos desenhos das crianças, olhos nas janelas, boca na porta, e tem em seus adentros a alma que lhe deixaram os que a fizeram e a memória de quem a viveu.

Teria podido explicar tudo isso, mas não disse nada. Se tivesse dito, seria fuzilado por ser imbecil. Plantado em posição de firme, calou a boca; e foi parar no calabouço.

Numa fogueira das serras argentinas, numa roda de amigos, Carlo Barbaresi conta essa história de seu pai. Aconteceu na Itália, nos tempos de Mussolini.

E outro

Aquela não era uma tarde de um domingo qualquer do ano de 1967.

Era uma tarde de clássico. O clube Santafé jogava contra o Millonarios, e a cidade de Bogotá estava inteira nas arquibancadas do estádio. Fora do estádio, não havia ninguém que não fosse paralítico ou cego.

Já parecia que o jogo ia terminar num empate, quando Omar Lorenzo Devanni, o goleador do Santafé, o artilheiro, caiu na área. O juiz apitou pênalti.

Devanni ficou perplexo: aquilo era um erro, ninguém havia tocado nele, ele tinha caído por um tropicão. Quis dizer isso ao juiz, mas o jogadores do Santafé o ergueram e o levaram nos braços até a marca branca da execução. Não tinha como voltar atrás: o estádio rugia, desabava.

Entre os três postes, postes de forca, o goleiro aguardava.

E então Devanni pôs a bola em cima da marca branca.

Ele soube muito bem o que ia fazer, e o preço que iria pagar por fazer o que ia fazer. Escolheu sua ruína, escolheu sua glória: tomou impulso e com todas as suas forças chutou para fora, bem longe do gol.

O peso do tempo

Faz quatro séculos e meio, Miguel Servet foi queimado vivo, com lenha verde, em Genebra. Havia chegado lá fugindo da Inquisição, mas Calvino mandou-o para a fogueira.

Servet acreditava que ninguém devia ser batizado antes de chegar à idade adulta, tinha suas dúvidas sobre o mistério da Santíssima Trindade e era tão cabeça-dura que insistia em ensinar, em suas aulas de medicina, que o sangue passa pelo coração e se purifica nos pulmões.

Suas heresias o haviam condenado a uma vida cigana. Antes que o agarrassem, havia mudado muitas vezes de país, de casa, de ofício e de nome.

Servet ardeu, em lento suplício, junto aos livros que havia escrito. Na capa de um daqueles livros, uma gravura mostrava Sansão carregando, nas costas, uma porta muito pesada. Abaixo, lia-se: *Levo minha liberdade comigo.*

O passo do tempo

Seis séculos depois da sua fundação, Roma decidiu que o ano começaria no dia primeiro de janeiro.

Até então, cada ano nascia no dia 15 de março.

Não houve mais remédio a não ser mudar a data, por razões de guerra.

A Espanha ardia. A rebelião, que desafiava o poder imperial e devorava milhares e mais milhares de legionários, obrigou Roma a mudar a conta de seus dias e os ciclos de seus assuntos de estado.

Longos anos durou o levante, até que finalmente a cidade de Numância, capital dos rebeldes hispanos, foi sitiada, incendiada e arrasada.

Numa colina rodeada de campos de trigo, nas margens do rio Duero, jazem seus restos. Quase nada ficou daquela cidade que mudou, para sempre, o calendário universal.

Mas à meia-noite de cada 31 de dezembro, quando erguemos nossos copos, brindamos por ela, mesmo sem saber, para que continuem nascendo os livres e os anos.

O tempo

Somos filhos dos dias:

– *O que é uma pessoa no caminho?*

– *Tempo.*

Os maias, antigos mestres desses mistérios, não se esqueceram de que fomos fundados pelo tempo e que somos feitos de tempo, que de morte em morte nasce.

E sabem que o tempo reina e debocha do dinheiro que quer comprá-lo,

das cirurgias que querem apagá-lo,

das pílulas que querem calá-lo,

e das máquinas que querem medi-lo.

Mas quando os indígenas de Chiapas, que tinham se alçado em armas, iniciaram as conversas de paz, um dos funcionários do governo mexicano pôs os pontos nos is. Apontando o próprio pulso, e apontando os pulsos dos índios, sentenciou:

– *Nós usamos relógios japoneses e vocês também usam relógios japoneses. Para nós são nove da manhã e para vocês também são nove da manhã. Parem de uma vez de chatear com essa história de tempo.*

Contratempos

Quando o tempo está inimigo, negros céus, dias de gelo e tormentas, a alfafa recém-nascida fica quieta e espera. Os tímidos brotos se põem a dormir, e em dormição sobrevivem, enquanto dura o mau tempo, por mais tempo que o mau tempo dure.

Quando enfim chegam os sóis, e se azula o céu e se aquece o solo, a alfafa desperta. E então, só então, cresce. Tanto cresce, que a gente olha para ela e a vê crescer, empurrada, lá da raiz, por um vento que não vem do ar.

O voo da luz

Nas montanhas mais altas de Cajamarca, as que mais demoraram em despertar e levantar quando o mundo nasceu, há muitas figuras pintadas por artistas sem nome.

Essas tatuagens coloridas sobreviveram nas ladeiras de pedra, há milhares de anos, apesar dos golpes da intempérie.

As pinturas são e não são, conforme a hora. Algumas se acendem quando se abre o dia e ao meio-dia se apagam. Outras vão mudando de forma e de cor ao longo do caminho do sol, do alvorecer até a noite. E outras só se deixam ver quando chega o crepúsculo.

As pinturas nasceram da mão humana, mas também são obra da luz, da luz que o tempo envia, dia após dia; e estão às suas ordens. Ela, a luz, a outra artista, rainha e senhora, as esconde e as mostra como quer e quando quer.

O desafio

Os maiores pássaros do mundo voam no solo, e não no céu.

Foram desenhados pelos antigos moradores da região de Nazca, que souberam cavar essas lindíssimas figuras no deserto feiíssimo.

Vistos de baixo, os traços não dizem nada: não são outra coisa além de longos canais de pedra e pó que se perdem na vastidão de pó e pedra.

Vistos do alto, de um avião, essas rugas do deserto formam gigantescos pássaros de asas estendidas.

Os desenhos têm dois mil ou dois mil e quinhentos anos de idade. Aviões, que se saiba, não existiam. Para quem, para quantos, foram feitos? Para os olhos de quem, de quantos? Os especialistas não chegam a nenhum acordo.

Eu digo, eu me pergunto: essas linhas perfeitas, que resplandecem na sequidão, não terão nascido para que o céu as veja?

O céu nos oferece seus desenhos esplêndidos, traçados com estrelas ou com nuvens, o que devemos agradecer, mas a terra também é capaz. Talvez isso quiseram dizer aquela gente que converteu o deserto em obra-prima: que também a terra pode desenhar como o céu desenha, e pode voar, sem decolar do solo, nas asas dos pássaros que cria.

A fundação dos dias

É o primeiro. Quando se aproxima o fim da noite, o desafinado rompe o silêncio. O desafinado, que jamais se cansa, desperta os mestres cantores. E antes da primeira luz, todos os pássaros do mundo iniciam sua serenata na janela, voando sobre as flores que se parecem com eles.

Alguns cantam por amor à arte. Outros transmitem notícias, ou contam contos ou piadas, ou lançam discursos, ou proclamam alegrias. Mas todos, os artistas, os jornalistas, os contadores, os piadistas, os chatos e os maluquinhos se unem numa única algaravia, a plena orquestra.

Os pássaros anunciam a manhã? Ou cantando fazem a manhã?

Coleção L&PM POCKET

1000. **Diários de Andy Warhol (1)** – Editado por Pat Hackett
1001. **Diários de Andy Warhol (2)** – Editado por Pat Hackett
1002. **Cartier-Bresson: o olhar do século** – Pierre Assouline
1003. **As melhores histórias da mitologia: vol. 1** – A.S. Franchini e Carmen Seganfredo
1004. **As melhores histórias da mitologia: vol. 2** – A.S. Franchini e Carmen Seganfredo
1005. **Assassinato no beco** – Agatha Christie
1006. **Convite para um homicídio** – Agatha Christie
1008. **História da vida** – Michael J. Benton
1009. **Jung** – Anthony Stevens
1010. **Arsène Lupin, ladrão de casaca** – Maurice Leblanc
1011. **Dublinenses** – James Joyce
1012. **120 tirinhas da Turma da Mônica** – Mauricio de Sousa
1013. **Antologia poética** – Fernando Pessoa
1014. **A aventura de um cliente ilustre** *seguido de* **O último adeus de Sherlock Holmes** – Sir Arthur Conan Doyle
1015. **Cenas de Nova York** – Jack Kerouac
1016. **A corista** – Anton Tchékhov
1017. **O diabo** – Leon Tolstói
1018. **Fábulas chinesas** – Sérgio Capparelli e Márcia Schmaltz
1019. **O gato do Brasil** – Sir Arthur Conan Doyle
1020. **Missa do Galo** – Machado de Assis
1021. **O mistério de Marie Rogêt** – Edgar Allan Poe
1022. **A mulher mais linda da cidade** – Bukowski
1023. **O retrato** – Nicolai Gogol
1024. **O conflito** – Agatha Christie
1025. **Os primeiros casos de Poirot** – Agatha Christie
1027.(25).**Beethoven** – Bernard Fauconnier
1028. **Platão** – Julia Annas
1029. **Cleo e Daniel** – Roberto Freire
1030. **Til** – José de Alencar
1031. **Viagens na minha terra** – Almeida Garrett
1032. **Profissões para mulheres e outros artigos feministas** – Virginia Woolf
1033. **Mrs. Dalloway** – Virginia Woolf
1034. **O cão da morte** – Agatha Christie
1035. **Tragédia em três atos** – Agatha Christie
1037. **O fantasma da Ópera** – Gaston Leroux
1038. **Evolução** – Brian e Deborah Charlesworth
1039. **Medida por medida** – Shakespeare
1040. **Razão e sentimento** – Jane Austen
1041. **A obra-prima ignorada** *seguido de* **Um episódio durante o Terror** – Balzac
1042. **A fugitiva** – Anaïs Nin
1043. **As grandes histórias da mitologia greco-romana** – A. S. Franchini
1044. **O corno de si mesmo & outras historietas** – Marquês de Sade
1045. **Da felicidade** *seguido de* **Da vida retirada** – Sêneca
1046. **O horror em Red Hook e outras histórias** – H. P. Lovecraft
1047. **Noite em claro** – Martha Medeiros
1048. **Poemas clássicos chineses** – Li Bai, Du Fu e Wang Wei
1049. **A terceira moça** – Agatha Christie
1050. **Um destino ignorado** – Agatha Christie
1051.(26).**Buda** – Sophie Royer
1052. **Guerra Fria** – Robert J. McMahon
1053. **Simons's Cat: as aventuras de um gato travesso e comilão – vol. 1** – Simon Tofield
1054. **Simons's Cat: as aventuras de um gato travesso e comilão – vol. 2** – Simon Tofield
1055. **Só as mulheres e as baratas sobreviverão** – Claudia Tajes
1057. **Pré-história** – Chris Gosden
1058. **Pintou sujeira!** – Mauricio de Sousa
1059. **Contos de Mamãe Gansa** – Charles Perrault
1060. **A interpretação dos sonhos: vol. 1** – Freud
1061. **A interpretação dos sonhos: vol. 2** – Freud
1062. **Frufru Rataplã Dolores** – Dalton Trevisan
1063. **As melhores histórias da mitologia egípcia** – Carmem Seganfredo e A.S. Franchini
1064. **Infância. Adolescência. Juventude** – Tolstói
1065. **As consolações da filosofia** – Alain de Botton
1066. **Diários de Jack Kerouac – 1947-1954**
1067. **Revolução Francesa – vol. 1** – Max Gallo
1068. **Revolução Francesa – vol. 2** – Max Gallo
1069. **O detetive Parker Pyne** – Agatha Christie
1070. **Memórias do esquecimento** – Flávio Tavares
1071. **Drogas** – Leslie Iversen
1072. **Manual de ecologia (vol.2)** – J. Lutzenberger
1073. **Como andar no labirinto** – Affonso Romano de Sant'Anna
1074. **A orquídea e o serial killer** – Juremir Machado da Silva
1075. **Amor nos tempos de fúria** – Lawrence Ferlinghetti
1076. **A aventura do pudim de Natal** – Agatha Christie
1078. **Amores que matam** – Patricia Faur
1079. **Histórias de pescador** – Mauricio de Sousa
1080. **Pedaços de um caderno manchado de vinho** – Bukowski
1081. **A ferro e fogo: tempo de solidão (vol.1)** – Josué Guimarães
1082. **A ferro e fogo: tempo de guerra (vol.2)** – Josué Guimarães
1084.(17).**Desembarcando o Alzheimer** – Dr. Fernando Lucchese e Dra. Ana Hartmann
1085. **A maldição do espelho** – Agatha Christie
1086. **Uma breve história da filosofia** – Nigel Warburton
1088. **Heróis da História** – Will Durant
1089. **Concerto campestre** – L. A. de Assis Brasil

1090. **Morte nas nuvens** – Agatha Christie
1092. **Aventura em Bagdá** – Agatha Christie
1093. **O cavalo amarelo** – Agatha Christie
1094. **O método de interpretação dos sonhos** – Freud
1095. **Sonetos de amor e desamor** – Vários
1096. **120 tirinhas do Dilbert** – Scott Adams
1097. **200 fábulas de Esopo**
1098. **O curioso caso de Benjamin Button** – F. Scott Fitzgerald
1099. **Piadas para sempre: uma antologia para morrer de rir** – Visconde da Casa Verde
1100. **Hamlet (Mangá)** – Shakespeare
1101. **A arte da guerra (Mangá)** – Sun Tzu
1104. **As melhores histórias da Bíblia (vol.1)** – A. S. Franchini e Carmen Seganfredo
1105. **As melhores histórias da Bíblia (vol.2)** – A. S. Franchini e Carmen Seganfredo
1106. **Psicologia das massas e análise do eu** – Freud
1107. **Guerra Civil Espanhola** – Helen Graham
1108. **A autoestrada do sul e outras histórias** – Julio Cortázar
1109. **O mistério dos sete relógios** – Agatha Christie
1110. **Peanuts: Ninguém gosta de mim... (amor)** – Charles Schulz
1111. **Cadê o bolo?** – Mauricio de Sousa
1112. **O filósofo ignorante** – Voltaire
1113. **Totem e tabu** – Freud
1114. **Filosofia pré-socrática** – Catherine Osborne
1115. **Desejo de status** – Alain de Botton
1118. **Passageiro para Frankfurt** – Agatha Christie
1120. **Kill All Enemies** – Melvin Burgess
1121. **A morte da sra. McGinty** – Agatha Christie
1122. **Revolução Russa** – S. A. Smith
1123. **Até você, Capitu?** – Dalton Trevisan
1124. **O grande Gatsby (Mangá)** – F. S. Fitzgerald
1125. **Assim falou Zaratustra (Mangá)** – Nietzsche
1126. **Peanuts: É para isso que servem os amigos (amizade)** – Charles Schulz
1127.(27). **Nietzsche** – Dorian Astor
1128. **Bidu: Hora do banho** – Mauricio de Sousa
1129. **O melhor do Macanudo Taurino** – Santiago
1130. **Radicci 30 anos** – Iotti
1131. **Show de sabores** – J.A. Pinheiro Machado
1132. **O prazer das palavras** – vol. 3 – Cláudio Moreno
1133. **Morte na praia** – Agatha Christie
1134. **O fardo** – Agatha Christie
1135. **Manifesto do Partido Comunista (Mangá)** – Marx & Engels
1136. **A metamorfose (Mangá)** – Franz Kafka
1137. **Por que você não se casou... ainda** – Tracy McMillan
1138. **Textos autobiográficos** – Bukowski
1139. **A importância de ser prudente** – Oscar Wilde
1140. **Sobre a vontade na natureza** – Arthur Schopenhauer
1141. **Dilbert (8)** – Scott Adams
1142. **Entre dois amores** – Agatha Christie
1143. **Cipreste triste** – Agatha Christie
1144. **Alguém viu uma assombração?** – Mauricio de Sousa
1145. **Mandela** – Elleke Boehmer
1146. **Retrato do artista quando jovem** – James Joyce
1147. **Zadig ou o destino** – Voltaire
1148. **O contrato social (Mangá)** – J.-J. Rousseau
1149. **Garfield fenomenal** – Jim Davis
1150. **A queda da América** – Allen Ginsberg
1151. **Música na noite & outros ensaios** – Aldous Huxley
1152. **Poesias inéditas & Poemas dramáticos** – Fernando Pessoa
1153. **Peanuts: Felicidade é...** – Charles M. Schulz
1154. **Mate-me por favor** – Legs McNeil e Gillian McCain
1155. **Assassinato no Expresso Oriente** – Agatha Christie
1156. **Um punhado de centeio** – Agatha Christie
1157. **A interpretação dos sonhos (Mangá)** – Freud
1158. **Peanuts: Você não entende o sentido da vida** – Charles M. Schulz
1159. **A dinastia Rothschild** – Herbert R. Lottman
1160. **A Mansão Hollow** – Agatha Christie
1161. **Nas montanhas da loucura** – H.P. Lovecraft
1162.(28). **Napoleão Bonaparte** – Pascale Fautrier
1163. **Um corpo na biblioteca** – Agatha Christie
1164. **Inovação** – Mark Dodgson e David Gann
1165. **O que toda mulher deve saber sobre os homens: a afetividade masculina** – Walter Riso
1166. **O amor está no ar** – Mauricio de Sousa
1167. **Testemunha de acusação & outras histórias** – Agatha Christie
1168. **Etiqueta de bolso** – Celia Ribeiro
1169. **Poesia reunida (volume 3)** – Affonso Romano de Sant'Anna
1170. **Emma** – Jane Austen
1171. **Que seja em segredo** – Ana Miranda
1172. **Garfield sem apetite** – Jim Davis
1173. **Garfield: Foi mal...** – Jim Davis
1174. **Os irmãos Karamázov (Mangá)** – Dostoiévski
1175. **O Pequeno Príncipe** – Antoine de Saint-Exupéry
1176. **Peanuts: Ninguém mais tem o espírito aventureiro** – Charles M. Schulz
1177. **Assim falou Zaratustra** – Nietzsche
1178. **Morte no Nilo** – Agatha Christie
1179. **Ê, soneca boa** – Mauricio de Sousa
1180. **Garfield a todo o vapor** – Jim Davis
1181. **Em busca do tempo perdido (Mangá)** – Proust
1182. **Cai o pano: o último caso de Poirot** – Agatha Christie
1183. **Livro para colorir e relaxar** – Livro 1
1184. **Para colorir sem parar**
1185. **Os elefantes não esquecem** – Agatha Christie
1186. **Teoria da relatividade** – Albert Einstein
1187. **Compêndio da psicanálise** – Freud
1188. **Visões de Gerard** – Jack Kerouac
1189. **Fim de verão** – Mohiro Kitoh
1190. **Procurando diversão** – Mauricio de Sousa
1191. **E não sobrou nenhum e outras peças** – Agatha Christie
1192. **Ansiedade** – Daniel Freeman & Jason Freeman

1193. **Garfield: pausa para o almoço** – Jim Davis
1194. **Contos do dia e da noite** – Guy de Maupassant
1195. **O melhor de Hagar 7** – Dik Browne
1196(29). **Lou Andreas-Salomé** – Dorian Astor
1197(30). **Pasolini** – René de Ceccatty
1198. **O caso do Hotel Bertram** – Agatha Christie
1199. **Crônicas de motel** – Sam Shepard
1200. **Pequena filosofia da paz interior** – Catherine Rambert
1201. **Os sertões** – Euclides da Cunha
1202. **Treze à mesa** – Agatha Christie
1203. **Bíblia** – John Riches
1204. **Anjos** – David Albert Jones
1205. **As tirinhas do Guri de Uruguaiana 1** – Jair Kobe
1206. **Entre aspas (vol.1)** – Fernando Eichenberg
1207. **Escrita** – Andrew Robinson
1208. **O spleen de Paris: pequenos poemas em prosa** – Charles Baudelaire
1209. **Satíricon** – Petrônio
1210. **O avarento** – Molière
1211. **Queimando na água, afogando-se na chama** – Bukowski
1212. **Miscelânea septuagenária: contos e poemas** – Bukowski
1213. **Que filosofar é aprender a morrer e outros ensaios** – Montaigne
1214. **Da amizade e outros ensaios** – Montaigne
1215. **O medo à espreita e outras histórias** – H.P. Lovecraft
1216. **A obra de arte na era de sua reprodutibilidade técnica** – Walter Benjamin
1217. **Sobre a liberdade** – John Stuart Mill
1218. **O segredo de Chimneys** – Agatha Christie
1219. **Morte na rua Hickory** – Agatha Christie
1220. **Ulisses (Mangá)** – James Joyce
1221. **Ateísmo** – Julian Baggini
1222. **Os melhores contos de Katherine Mansfield** – Katherine Mansfield
1223(31). **Martin Luther King** – Alain Foix
1224. **Millôr Definitivo: uma antologia de *A Bíblia do Caos*** – Millôr Fernandes
1225. **O Clube das Terças-Feiras e outras histórias** – Agatha Christie
1226. **Por que sou tão sábio** – Nietzsche
1227. **Sobre a mentira** – Platão
1228. **Sobre a leitura *seguido do* Depoimento de Céleste Albaret** – Proust
1229. **O homem do terno marrom** – Agatha Christie
1230(32). **Jimi Hendrix** – Franck Médioni
1231. **Amor e amizade e outras histórias** – Jane Austen
1232. **Lady Susan, Os Watson e Sanditon** – Jane Austen
1233. **Uma breve história da ciência** – William Bynum
1234. **Macunaíma: o herói sem nenhum caráter** – Mário de Andrade
1235. **A máquina do tempo** – H.G. Wells
1236. **O homem invisível** – H.G. Wells
1237. **Os 36 estratagemas: manual secreto da arte da guerra** – Anônimo
1238. **A mina de ouro e outras histórias** – Agatha Christie
1239. **Pic** – Jack Kerouac
1240. **O habitante da escuridão e outros contos** – H.P. Lovecraft
1241. **O chamado de Cthulhu e outros contos** – H.P. Lovecraft
1242. **O melhor de Meu reino por um cavalo!** – Edição de Ivan Pinheiro Machado
1243. **A guerra dos mundos** – H.G. Wells
1244. **O caso da criada perfeita e outras histórias** – Agatha Christie
1245. **Morte por afogamento e outras histórias** – Agatha Christie
1246. **Assassinato no Comitê Central** – Manuel Vázquez Montalbán
1247. **O papai é pop** – Marcos Piangers
1248. **O papai é pop 2** – Marcos Piangers
1249. **A mamãe é rock** – Ana Cardoso
1250. **Paris boêmia** – Dan Franck
1251. **Paris libertária** – Dan Franck
1252. **Paris ocupada** – Dan Franck
1253. **Uma anedota infame** – Dostoiévski
1254. **O último dia de um condenado** – Victor Hugo
1255. **Nem só de caviar vive o homem** – J.M. Simmel
1256. **Amanhã é outro dia** – J.M. Simmel
1257. **Mulherzinhas** – Louisa May Alcott
1258. **Reforma Protestante** – Peter Marshall
1259. **História econômica global** – Robert C. Allen
1260(33). **Che Guevara** – Alain Foix
1261. **Câncer** – Nicholas James
1262. **Akhenaton** – Agatha Christie
1263. **Aforismos para a sabedoria de vida** – Arthur Schopenhauer
1264. **Uma história do mundo** – David Coimbra
1265. **Ame e não sofra** – Walter Riso
1266. **Desapegue-se!** – Walter Riso
1267. **Os Sousa: Uma família do barulho** – Mauricio de Sousa
1268. **Nico Demo: O rei da travessura** – Mauricio de Sousa
1269. **Testemunha de acusação e outras peças** – Agatha Christie
1270(34). **Dostoiévski** – Virgil Tanase
1271. **O melhor de Hagar 8** – Dik Browne
1272. **O melhor de Hagar 9** – Dik Browne
1273. **O melhor de Hagar 10** – Dik e Chris Browne
1274. **Considerações sobre o governo representativo** – John Stuart Mill
1275. **O homem Moisés e a religião monoteísta** – Freud
1276. **Inibição, sintoma e medo** – Freud
1277. **Além do princípio de prazer** – Freud
1278. **O direito de dizer não!** – Walter Riso

1279. **A arte de ser flexível** – Walter Riso
1280. **Casados e descasados** – August Strindberg
1281. **Da Terra à Lua** – Júlio Verne
1282. **Minhas galerias e meus pintores** – Kahnweiler
1283. **A arte do romance** – Virginia Woolf
1284. **Teatro completo v. 1: As aves da noite** *seguido de* **O visitante** – Hilda Hilst
1285. **Teatro completo v. 2: O verdugo** *seguido de* **A morte do patriarca** – Hilda Hilst
1286. **Teatro completo v. 3: O rato no muro** *seguido de* **Auto da barca de Camiri** – Hilda Hilst
1287. **Teatro completo v. 4: A empresa** *seguido de* **O novo sistema** – Hilda Hilst
1289. **Fora de mim** – Martha Medeiros
1290. **Divã** – Martha Medeiros
1291. **Sobre a genealogia da moral: um escrito polêmico** – Nietzsche
1292. **A consciência de Zeno** – Italo Svevo
1293. **Células-tronco** – Jonathan Slack
1294. **O fim do ciúme e outros contos** – Proust
1295. **A jangada** – Júlio Verne
1296. **A ilha do dr. Moreau** – H.G. Wells
1297. **Ninho de fidalgos** – Ivan Turguêniev
1298. **Jane Eyre** – Charlotte Brontë
1299. **Sobre gatos** – Bukowski
1300. **Sobre o amor** – Bukowski
1301. **Escrever para não enlouquecer** – Bukowski
1302. **222 receitas** – J. A. Pinheiro Machado
1303. **Reinações de Narizinho** – Monteiro Lobato
1304. **O Saci** – Monteiro Lobato
1305. **Memórias da Emília** – Monteiro Lobato
1306. **O Picapau Amarelo** – Monteiro Lobato
1307. **A reforma da Natureza** – Monteiro Lobato
1308. **Fábulas** *seguido de* **Histórias diversas** – Monteiro Lobato
1309. **Aventuras de Hans Staden** – Monteiro Lobato
1310. **Peter Pan** – Monteiro Lobato
1311. **Dom Quixote das crianças** – Monteiro Lobato
1312. **O Minotauro** – Monteiro Lobato
1313. **Um quarto só seu** – Virginia Woolf
1314. **Sonetos** – Shakespeare
1315(35). **Thoreau** – Marie Berthoumieu e Laura El Makki
1316. **Teoria da arte** – Cynthia Freeland
1317. **A arte da prudência** – Baltasar Gracián
1318. **O louco** *seguido de* **Areia e espuma** – Khalil Gibran
1319. **O profeta** *seguido de* **O jardim do profeta** – Khalil Gibran
1320. **Jesus, o Filho do Homem** – Khalil Gibran
1321. **A luta** – Norman Mailer
1322. **Sobre o sofrimento do mundo e outros ensaios** – Schopenhauer
1323. **Epidemiologia** – Rodolfo Sacacci
1324. **Japão moderno** – Christopher Goto-Jones
1325. **A arte da meditação** – Matthieu Ricard
1326. **O adversário secreto** – Agatha Christie
1327. **Pollyanna** – Eleanor H. Porter
1328. **Espelhos** – Eduardo Galeano
1329. **A Vênus das peles** – Sacher-Masoch
1330. **O 18 de brumário de Luís Bonaparte** – Karl Marx
1331. **Um jogo para os vivos** – Patricia Highsmith
1332. **A tristeza pode esperar** – J.J. Camargo
1333. **Vinte poemas de amor e uma canção desesperada** – Pablo Neruda
1334. **Judaísmo** – Norman Solomon
1335. **Esquizofrenia** – Christopher Frith & Eve Johnstone
1336. **Seis personagens em busca de um autor** – Luigi Pirandello
1337. **A Fazenda dos Animais** – George Orwell
1338. **1984** – George Orwell
1339. **Ubu Rei** – Alfred Jarry
1340. **Sobre bêbados e bebidas** – Bukowski
1341. **Tempestade para os vivos e para os mortos** – Bukowski
1342. **Complicado** – Natsume Ono
1343. **Sobre o livre-arbítrio** – Schopenhauer
1344. **Uma breve história da literatura** – John Sutherland
1345. **Você fica tão sozinho às vezes que até faz sentido** – Bukowski
1346. **Um apartamento em Paris** – Guillaume Musso
1347. **Receitas fáceis e saborosas** – José Antonio Pinheiro Machado
1348. **Por que engordamos** – Gary Taubes
1349. **A fabulosa história do hospital** – Jean-Noël Fabiani
1350. **Voo noturno** *seguido de* **Terra dos homens** – Antoine de Saint-Exupéry
1351. **Doutor Sax** – Jack Kerouac
1352. **O livro do Tao e da virtude** – Lao-Tsé
1353. **Pista negra** – Antonio Manzini
1354. **A chave de vidro** – Dashiell Hammett
1355. **Martin Eden** – Jack London
1356. **Já te disse adeus, e agora, como te esqueço?** – Walter Riso
1357. **A viagem do descobrimento** – Eduardo Bueno
1358. **Náufragos, traficantes e degredados** – Eduardo Bueno
1359. **Retrato do Brasil** – Paulo Prado
1360. **Maravilhosamente imperfeito, escandalosamente feliz** – Walter Riso
1361. **É...** – Millôr Fernandes
1362. **Duas tábuas e uma paixão** – Millôr Fernandes
1363. **Selma e Sinatra** – Martha Medeiros
1364. **Tudo que eu queria te dizer** – Martha Medeiros
1365. **Várias histórias** – Machado de Assis
1366. **A sabedoria do Padre Brown** – G. K. Chesterton
1367. **Capitães do Brasil** – Eduardo Bueno
1368. **O falcão maltês** – Dashiell Hammett
1369. **A arte de estar com a razão** – Arthur Schopenhauer
1370. **A visão dos vencidos** – Miguel León-Portilla

lepmeditores
www.lpm.com.br
o site que conta tudo

IMPRESSÃO:

PALLOTTI
GRÁFICA

Santa Maria - RS | Fone: (55) 3220.4500
www.graficapallotti.com.br